ISABELLE LEHN

Binde zwei Vögel zusammen

ISABELLE LEHN

BINDE ZWEI VÖGEL ZUSAMMEN

ROMAN

eichborn

Dieser Titel ist auch als E-Book erschienen

Eichborn Verlag in der Bastei Lübbe AG

Originalausgabe

Umschlaggestaltung: Nurten Zeren
Satz: hanseatenSatz-bremen, Bremen
Gesetzt aus der DTL Documenta ST
Druck und Einband: CPI books GmbH, Leck – Germany

ISBN 978-3-8479-0612-4

5 4 3 2 1

Sie finden uns im Internet unter www.eichborn.de
Bitte beachten Sie auch www.luebbe.de

Für S.

(*and all the other displaced persons*)

Diese Geschichte ist wahr.
Alle Namen und Orte sind austauschbar.

Ich bin nicht ich. Mein wahres Ich –
Wer mag es sein?
Der da aus meinem Munde spricht –
Wer mag es sein?
Bin bloß Gefäß von Kopf bis Fuß, nicht mehr.
Der, dem ich diesen Dienst verricht –
Wer mag es sein?

Dschelaladdin Rumi

EINS

Der Lauf einer Waffe ist auf meinen Kopf gerichtet. Ich starre auf die Wand, die unverputzten Steine, die eine Kulisse sein müssen, damit es nicht aufhört, ein Spiel zu sein. In meinem Rücken liegt Faruk. Ich will den Kopf drehen, ich erwarte den Schuss, Platzpatronen, einen Knall, wenn das Trommelfell platzt. Die Soldaten brüllen, die Stimme des Supervisors, ich bilde mir ein, Faruk keuchen zu hören. *Don't move!* – es ist mein eigener Atem. Der Moment, auf den wir uns gefasst machen sollten. Der Augenblick, in dem es zu kippen beginnt und man vergisst, dass man bloß eine Rolle verkörpert, dass es ein anderer ist, der dort am Boden liegt, ein Knie in den Rücken gedrückt, eine Kapuze über den Kopf gezogen. Dass man nicht selbst in den Lauf einer Waffe blickt.

Jeden Morgen öffne ich die Tür des Cafés. Sie ist nicht abgeschlossen, es gibt keine Schlösser an den Türen unserer Häuser, die wie leere Kartons entlang der Dorfstraße stehen. Im Gastraum ist es dunkel und stickig. Es riecht nach Mäusekot, und ich höre das Rascheln der Tiere unter den Dielen, dem unebenen Boden, der seit Jahren ein Provisorium ist. Ich taste mich an der Holzwand entlang, um nicht gegen die Tische oder den Spülschrank zu stoßen, und wenn ich die Läden öffne, vermisst das Licht den Bretterverschlag. In der Nacht dringt der Staub durch die Ritzen der Bohlen, der am Mittag, wenn der Konvoi über die Dorfstraße fährt, vor den Fenstern rot aufwirbeln wird. Er legt sich auf den Spülschrank, die Tische, die Stühle, die ich am Morgen mit feuchten Tüchern abwische, obwohl sie am Mittag schon wieder bedeckt sein werden. Niemand stört sich daran. Faruk war mein einziger Gast – aber es hilft, in Bewegung zu bleiben.

Das Lager der Soldaten liegt auf dem Hügel. Von der Terrasse aus kann ich es sehen, wenn es früh am Morgen in Bewegung gerät und die Humvees zwischen den Zelten umherfahren. Dann bin auch ich vom Hügel aus sichtbar, und ich beginne, die Terrasse zu fegen. Unser Dorf muss belebt aussehen, so lautet die erste Regel des Spiels, in dem wir Figuren sind und zu tanzen beginnen, sobald jemand einen Blick auf uns wirft. Der Supervisor läuft durch die Straßen. *Dorfleben!* ruft er und rudert mit den Armen, *Dorfleben!*, und eine Welle breitet sich aus, die wir weitertragen, durch die Straßen in die Häuser hinein, wo ihr Echo lustlos verhallt. Ich spule meine Bewegungen ab, ein begrenztes Repertoire an Schritten und Handgriffen, ich habe mir angewöhnt, langsam zu fegen, um nicht zu früh fertig zu sein.

Später sitze ich auf der Terrasse und lese. Das Leder des Sessels erwärmt sich in der Sonne, es ist schuppig wie die Haut einer Echse, und der Supervisor stört sich nicht an meinen Büchern, solange er mich oft genug fegen und durch den Ort laufen sieht. Nur den Frauen ist das Lesen verboten. Sie haben es nie gelernt an diesem Ort, und auch das Café betreten sie nicht. Ich sehe sie geisterhaft durch das Straßenbild ziehen, unter blauen Stoffbahnen, in Paaren oder hinter den Männern, mit denen der Supervisor sie verheiratet hat. An ihren Männern kann ich sie unterscheiden, die Frau des Dorfältesten, des Arztes, des Barbiers, und in den Häusern auf der anderen Straßenseite sind ihre Schatten am Fenster zu sehen, wenn sie wie ich nur das Nötigste tun, um nicht zu erstarren und für die nächste Patrouille bereit zu sein. Die meiste Zeit des Tages verbringen wir so. In einem Reptilienschlaf, reglos und darauf lauernd, dass etwas geschieht.

Wenn der Konvoi sich nähert, laufe ich durch den Ort. Vorbei an der Schule, in der es dem Lehrer an Schülern fehlt, vorbei am Hotel, das keine Gäste beherbergt, vorbei am Krankenhaus, in dem nur Simulanten behandelt werden. Ich gehe auf den Bazar, feilsche um Requisiten und tausche ein paar Worte mit meinen Nachbarn aus, Sätze, die nach einem Gespräch aussehen. Unterwegs sammle ich Steine. Ich bücke mich und hebe sie auf, klopfe die Erde ab und stecke sie ein, in die Taschen meiner Pluderhose, in die Ärmel meines Kaftans, die vom Staub bereits rot gefärbt sind. Die Erde ist überall. Sie sammelt sich unter dem Sensorgeschirr, das ich am Abend erst ablegen darf, wenn es mir rostrot auf den Leib geschrieben ist, als hätte ich unter den Gurten Blut statt Wasser geschwitzt.

Die gesammelten Steine schichte ich am Ortsrand zu Kegeln auf. Die Soldaten müssen die Kegel zerstören, bevor sie in den Ort einfahren dürfen, denn auch das ist eine Regel des Spiels: Meine Steinhaufen könnten Sprengfallen sein. Die Männer kommen nicht jeden Tag. Es gibt noch andere Dörfer im Tal, Orte wie unseren, den wir nur verlassen dürfen, um am Abend in die Baracke zu gehen. Ich habe viel Zeit, den Wolken dabei zuzusehen, wie sie sich auftürmen. Der Himmel reicht tief hinab, und am Horizont, der jenseits des Sicherheitszaunes liegt, kann ich den Zwiebelturm einer Kirche erkennen. Manchmal entdecke ich Rehe am Waldrand, einen Bussard, der über der Weide kreist, oder eine Schafherde, die der Regen in die Nähe des Dorfes getrieben hat. Ihr Geblök lässt den Ort fast wirklich erscheinen, bis wieder Sirenen, Signale oder Lautsprecherdurchsagen aus dem Lager zu hören sind, und dreimal am Tag schallt der Ruf eines Muezzins durch unsere Straßen. Wir folgen ihm im Tross zur Moschee, wo das Tonband verstummt und wir die Zeit abwarten, die ein Gebet ausfüllen könnte, bis der Supervisor kommt, um uns zurück auf unsere Plätze zu schicken.

Faruk war der einzige Gast im Café Aladdin. Außer ihm scheint niemand zu ahnen, dass ich einen Stromanschluss habe, und einen Wasserkocher, den in der Baracke niemand vermisst. Jeden Morgen sammle ich Teebeutel und Zucker vom Frühstückstisch ein. Den Tee koche ich stark und süß, wie ich es für landestypisch halte, ohne zu wissen, dass Kardamom und ein Schuss Sahne fehlen. Aber selbst Aladdin korrigiert mich nicht, denn er weiß es nicht besser als ich. Aladdin, von dem ich nicht weiß, welche Gedanken für ihn vorgesehen sind und ob er sich raushalten darf, in seinem Café am Rande des Dorfes. Einmal standen die Taliban vor seiner Tür, sechs Männer in ihren Kostümen, aber auch sie kamen nicht, um bei mir Tee zu trinken. Ob ich es nicht satthätte, mich im Dorf nicht frei bewegen zu können, fragten sie, und ich hielt mich am Sensorgeschirr fest, am oberen Riemen, der immer ein wenig gegen die Kehle drückte, und dachte an Faruk, der bereits wieder zu Hause war, weil er sich irgendwann nicht mehr im Griff gehabt hatte.

Im Dorf hatte Faruk davon gelebt, dass er Weizen anbaute. Auf den Feldern, die den Ort nicht umgaben und wie fast alles im Dorf eine Legende waren. Seine Tage verbrachte er im Café Aladdin, am hinteren Tisch, wo er für eine Prüfung lernte, die nach seiner Zeit im Dorf stattfinden sollte. Er wälzte Bildbände, und in einem davon hatte ich Andy Warhols Campbell's-Soup-Dose erkannt. *Andy Warlord*, scherzte der Supervisor, als er vorbeikam, um bei Aladdin nach dem Rechten zu sehen. *Meine beiden Priester*, nannte er uns, er sprach mit amerikanischem Akzent, und Faruk nannte ihn unseren

Choreographen, seit der Supervisor uns am zweiten Tag hatte vorsprechen lassen. Wir sollten unsere Geschichte erzählen, und ich schwitzte und brachte kaum ein Wort heraus, ich stotterte und fühlte mich nackt vor den anderen, trotz meines Kostüms und des Deckmantels von Aladdins Namen.

Ich weiß nicht viel über den Mann, den ich darstellen soll. Bloß das, was der Supervisor mich abfragen kann: Aladdins Dorf liegt am Fuße des Marmalgebirges, nicht weit entfernt von Mazar-i-Sharif. Er ist Paschtune, achtundzwanzig Jahre alt, im gleichen Alter wie ich, und ich bin Aladdin, verheiratet und dreifacher Vater. Ich lebe am Fuße des Marmalgebirges, mit meiner Frau, einem Sohn und zwei Töchtern. Ihre Namen bleiben mir fremd, die Züge meiner Frau sind verschleiert, und ich frage mich, ob Aladdins Kinder mir ähnlich sehen, weil Aladdin so aussieht wie ich. Er sieht immer so aus wie der Mann, der das Café am Ortsrand betreibt, und ich will versuchen, die Namen meiner Frau und der Kinder bald wieder vergessen zu haben, weil ich sie vor den Taliban und den Soldaten niemals aussprechen darf.

Aladdin besitzt ein Stück Land. Fünf Hektar, auf denen ein Aprikosenhain steht. Im Krieg sind alle Papiere verloren gegangen, und seither gibt es Streit, den ich zusammen mit dem Café übernommen habe – von einem Mann, der ebenfalls Aladdin hieß. Er hat seine Kleider abgelegt, das Geld eingestrichen und das Dorf am Fuße des Marmalgebirges zurückgelassen, wie auch ich es bald zurücklassen werde. Alle sechs Wochen tauscht man uns aus, und nur die Flachbauten stehen hier seit Jahren, zwischen ein paar Giebelhäusern, den Überresten einer anderen Zeit, als unser Dorf noch auf dem Balkan lag, die Statisten andere Namen trugen und die Soldaten mit ihnen den Häuserkampf probten.

Auch Faruk hat seinen Namen nicht mitgenommen. Im Dorf gebrauchen wir ihn noch, wenn wir von ihm sprechen, Faruk, ein Mann, den es außerhalb des Dorfes nicht gibt. Allein er soll die Verantwortung tragen, Faruk, ein Mann, den man außerhalb des Dorfes nicht anzeigen kann, und auch das zählt zu den Regeln des Spiels: Die Rolle bleibt hier, und mit ihr alles, was man erlebt hat. Wir haben eine Schweigeerklärung abgeben müssen, es gibt eine Unterschrift, aber noch bin ich hier und kann den Supervisor nach Faruk fragen: Ob auch der Soldat ihn nicht anzeigen wird, dem er den Finger gebrochen hat, und der Supervisor lacht, er lehnt sich zurück und sagt: Der kann sich höchstens ärgern, dass er Faruk nicht rechtzeitig erschossen hat!

Damit man uns erschießen kann, tragen wir das Sensorgeschirr. Die Soldaten feuern aus Sturmgewehren, mit Platzpatronen und Infrarotstrahlen, und wenn wir getroffen werden, schrillt ein Signalton los. Dann werfen wir uns in den Staub, und der Supervisor kommt herbeigelaufen, um nachzusehen, ob wir nur verwundet wurden oder erschossen sind. Wer tot ist, darf in die Baracke gehen. Er bekommt für den Rest des Tages frei und kann die Zeit dazu nutzen, die rote Erde aus seinen Kleidern zu waschen.

Die Frauen ziehen das Sensorgeschirr aus, sobald der Supervisor außer Sichtweite ist. Sie schlagen ihre Burkas zurück, die sie wie einen Umhang tragen, mit Tops und kurzen Hosen darunter, und es verwirrt mich, sie so zu sehen. Es kostet mich Mühe, nicht zu vergessen, dass meine Erregung Teil dieses Spiels ist – nicht meine, sondern Aladdins Sache, wie die Anspannung vor jedem Schritt, oder die Starre, die Lähmung, in die wir verfallen, bis der nächste Befehl uns wieder in Bewegung versetzt. Nicht die Befehle machen mir Angst, sondern dass ich auf sie zu warten begonnen habe.

Wir sprechen eine Sprache, Aladdin und ich. Im Dorf wird sie Paschtu genannt, manche Nachbarn sprechen Dari, Sprachen, die wie Deutsch oder Türkisch klingen, Polnisch oder Russisch, Fränkisch oder Sächsisch, jene afghanischen oder persischen Dialekte, mit denen die Soldaten nichts anfangen können. Sie weisen ihre Befehle mit Handzeichen aus, und wir verstehen sie, als wären sie stumm und wir taub. Leda spricht fünf Sprachen. Sie ist Übersetzerin, aber hier trägt sie das Sensorgeschirr, und es ist gleichgültig, wer man draußen ist oder was einer kann, welches Wissen er mitgebracht hat.

Wir sind in Bussen angereist, aus allen Teilen des Landes, Männer und Frauen, Alte und Junge, Freiberufler, Rentner, Studenten, und seit der ersten Nacht sind wir unterschiedslos. Wie Gestrandete saßen wir da, auf unseren Feldbetten, wo wir darauf warteten, am nächsten Tag in die Baracken gefahren zu werden. Die meisten hatten wenig Gepäck. Unsere Telefone und alle Wertsachen mussten wir abgeben, und jetzt besitzen wir nicht mehr als die geliehene Kleidung, den fremden Namen und einen Platz in einem der Dörfer, den die Firma uns zugeteilt hat. Manche begrüßten sich wie alte Bekannte, Veteranen, die in ihrem Wissen, was auf uns zukommen sollte, seltsam vereint wirkten. Ich suchte mir ein Bett. Mir gegenüber breitete ein Mann seinen Gebetsteppich aus, er kniete nieder, und während er betete, inmitten des Lärms, der von den hohen, kahlen Wänden zurückfiel, schien er ein freier Mensch zu sein. Andere saßen bloß da. Sie fanden sich ab, und ich versicherte mir, dass ich jederzeit aussteigen konnte. Wer die sechs Wochen durchhalten würde, sagten die Veteranen, dürfe beim nächsten Mal wiederkommen. Aber nicht alle hatten vor, so lange zu bleiben. Es hieß, das Arbeitsamt habe sie als Zivilisten in diesen Kriegsdienst geschickt, den zu verweigern nicht zulässig war.

Auch Faruk wird man nicht wieder einladen. Ich kenne seine Adresse nicht, und das letzte Bild, das ich von ihm im Kopf habe, ist jenes, auf dem er eine Kapuze trägt. Er liegt auf dem Boden, und ein Soldat drückt ihm ein Knie in den Rücken. Faruk hat einen Finger des Soldaten zu fassen bekommen, als der die Kapuze um seinen Kopf festziehen wollte, er dreht den Finger aus dem Gelenk, in die Schreie des Soldaten hinein, in die Befehle, die in verschiedenen Sprachen gebrüllt werden. Die Taliban sind vom Dach gekommen, die Sensoren heulen, ein Toter steht auf, und eine Waffe ist auf meinen Kopf gerichtet. Ich starre auf die Wand und erwarte den Schuss, der sich lösen und mein Trommelfell zerfetzen wird. Aber es passiert nichts. Sie bringen Faruk nach draußen, und später heißt es, man hätte der Geisel nicht in die Kniekehlen treten dürfen. Auch die Kapuze war falsch, und als sie mich abführen, muss ich einen Stock auf dem Rücken festhalten, weil man mir die Hände nicht fesseln darf. Sie geben mir einen Helm, den ich im Jeep aufsetzen muss, *for safety reasons*, und als ich im Lager eine Aussage machen soll, weiß ich nicht, ob sie mich oder Aladdin fragen.

Die sechste Woche hat angefangen. Ab heute wird jeder Tag ein letzter sein, und ich sehe den Wolken zu, die zu weit oben ziehen, um den Hügel zu streifen. Manchmal landet ein Hubschrauber in einer Windhose aus rotem Staub. Wenn der Lärm verstummt, höre ich einen der alten Männer singen, Ibrahim oder Saheed, die diese Namen auch jenseits des Zaunes tragen und schon viele Sommer im Dorf verbracht haben. Die Schlüsselrollen werden immer mit Afghanen besetzt, die Dari und Paschtu sprechen und neben den Soldaten auch die Übersetzer trainieren. Ich frage mich, wohin sie bald zurückkehren werden. Noch eine Stunde, dann können wir beten gehen, es so aussehen lassen, als könnten wir beten: für Faruk oder den Soldaten mit der verbundenen Hand, von dem es heißt, er sei gerade Vater geworden. Wenn er Glück hat, wird auch er wieder nach Hause geschickt, und bis es für mich so weit ist, sitze ich auf der Terrasse. Meine Bücher sind ausgelesen, meine Haut ist ledern geworden, und an klaren Tagen entdecke ich manchmal Rehe am Waldrand.

ZWEI

Am letzten Tag erhalten wir unsere Handys zurück, im Tausch gegen das Sensorgeschirr. Ich lege meinen Kaftan ab, die Pluderhose und den wollenen Hut, und dann ist Aladdin fort, ohne dass wir uns verabschiedet haben. Ich hätte ihm gerne einmal die Hand gegeben, ihm in die Augen gesehen und ihn gefragt, wie alt er tatsächlich war: vielleicht einhundert Mal achtundzwanzig Jahre alt, so viel, wie er gesehen haben muss, mit einhundert Augenpaaren – mehr, als einer allein in den Kopf kriegen kann. Manchmal kommt er mir vor wie ein Greis, und ich frage mich, wann alles angefangen hat: wer der allererste Aladdin war, und wer der Erste war, der seinen Platz einnahm, um ein Stück Land zu besitzen, seine Papiere und seine Geschichte verloren zu haben und das Leben eines Mannes zu führen, der keine Erinnerung hat.

Bevor wir abreisen, wird unser Gepäck noch einmal durchsucht. Beim letzten Mal seien zu viele Kostüme abhandengekommen, doch als die Mitarbeiter der Firma nichts finden, was sie uns wieder abnehmen könnten, dürfen wir in den Shuttlebus steigen. Die Rolle bleibt hier, und mit ihr alles, was sie ausgemacht hat. Auch die Soldaten brechen heute noch auf, ohne von diesem Ort etwas mitzunehmen. Die meisten waren jünger als wir, nach den Gesetzen ihres Landes nicht einmal volljährig, und bisher sind sie niemals im Ausland gewesen. Dieses Land ist das Erste, was sie vom Rest der Welt sehen: Die Dörfer hinter dem Sicherheitszaun, und wenn sie heute noch weiterfliegen, nach Mazar-i-Sharif, muss dieser Ort auf sie wie eine Fälschung wirken.

Der Shuttlebus bringt uns zum Bahnhof. Wir steigen in Züge um, jeder für sich, wir sind zu wenige, um die Busse zu füllen, mit denen wir angereist sind, und meine Stadt hat die höchste Abbrecherzahl: Die trockenen Anfangswochen machten vielen zu schaffen, den Trinkern stieg die Hitze zu Kopf, und andere reagierten allergisch auf die Stiche der Wespen, von denen es im Dorf viel zu viele gab. Wer ausfiel, kam nicht mehr zurück. Sein Nachrücker wartete schon, und zu denen, die am Ende noch übrig waren, sagte der Supervisor: Ihr habt großes Glück gehabt! Ihr alle dürft wiederkommen, wir werden bald wieder Arbeit haben, ein ganz neues Programm, das eine echte Herausforderung wird! Er versprach, sich zu melden, sobald die Ausschreibung online stehe, und auf dem Weg zum Bahnhof muss ich an Samir denken, der auf der Hinfahrt, als er noch Denny hieß, neben mir saß. Vor knapp zwei Wochen ist er wieder nach Hause gefahren. Er hatte sich die Hand mit siedendem Wasser verbrüht, seine Haut warf Blasen, die nicht simuliert aussahen, und das Arbeitsamt bezahlte die Rückfahrt.

Bloß Walid behauptete, es sei kein Unfall gewesen: Er habe Samir bereits packen gesehen, am Abend vor seiner Abreise, als seine Hand noch beweglich war.

Auf dem Bahnsteig verteilen wir uns. Wir stehen vereinzelt; die Rolle bleibt hier, und mit ihr alles, was wir gemeinsam hatten. Hinter mir zischen die Bierdosen. Die meisten telefonieren oder wischen auf ihren Smartphones herum. Sie sind nicht mehr ansprechbar, und ich sehe den ICEs hinterher, die hier bloß durchrauschen, und gebe dem Sog nach, der meinen Oberkörper in Fahrtrichtung zieht. Ich schnipse die Zigarette ins Gleisbett. Es soll meine letzte gewesen sein, ein dünner Faden Rauch schlängelt sich empor, und im Dorf wurde fast alles in Zigaretten bezahlt. Der Tauschhandel blühte, und selbst die Zeit erhielt ihren Gegenwert. Sie ließ sich zerlegen, in die Pausen zwischen zwei Zigaretten, die jeden Tag etwas kürzer geworden sind, und für die letzte Packung habe ich fast ein Vermögen bezahlt. Die Preise stiegen, als alles eingetauscht war, und sie kostete mich einen Putzdienst im Toilettencontainer, den ich gemeinsam mit Ibrahim ableistete, der allerdings nur in der Ecke stand, weil das Putzen in der Welt, die wir hier nachstellten und auf der er beharrte, ausschließlich Sache von Frauen war.

Ich drehe mich um und verschenke meine halbleere Packung. Im Raucherbereich stehen sie dicht an dicht, ohne sich in die Augen zu sehen. Ich mache einen Schritt über die gelbe Linie, gehe den Bahnsteig hinab und hole mein Telefon aus der Tasche, um nachzusehen, ob ich Netzzugang habe. Doch als ich den Browser öffne, weiß ich nicht mehr, wohin, und alles, was ich im Dorf noch nachschlagen wollte, ist plötzlich weg oder hat an Bedeutung verloren. Auf der Seite der Bahn kann ich nachlesen, dass ich viermal den Zug wechseln muss, bevor ich in sechs statt vier möglichen Stunden zu Hause sein werde.

Die Firma bezahlt uns ein Wochenendticket, und ein letztes Mal dehnt sich die Zeit. Diesmal kommt es mir vor wie ein Geschenk: zwei Stunden, die mir zusätzlich bleiben, um wieder zu dem zu werden, als der ich ankommen soll, einer, den meine Freundin am Bahnsteig wiedererkennt und den sie nicht fürchten muss, mit nach Hause zu nehmen.

Als der Regionalexpress einfährt, steige ich als Letzter ein und suche mir ein freies Abteil. Ich will niemandem gegenübersitzen, der mich als Aladdin kennt oder im Lager eine Waffe getragen hat – einem der Dorfpolizisten, die vom Supervisor für ihre *besonderen Verdienste* geehrt worden sind. In Zivil kann man uns kaum unterscheiden. Die Uniform veränderte ihren Gang, und ich muss an meine Zeit in der Schweiz denken, als ich ein Auslandssemester in Zürich verbrachte und am meisten irritiert davon war, wie pünktlich die Züge fuhren – als Teil derselben Ordnung, in der auch achtzehn- oder neunzehnjährige Rekruten in den Abteilen saßen, ihre Schnellfeuergewehre zwischen die Knie geklemmt, während offenbar niemand Notiz davon nahm.

Die Gegend vor dem Fenster hat sich verändert. Sie ist weiter geworden, die Militärposten sind aus dem Blickfeld geräumt, man hat die Schlagbäume von den Straßen entfernt, es gibt kein Kriegsgerät mehr und keine Geländewagen. Auf der Landstraße, die mir lächerlich breit erscheint, fahren Spielzeugautos in grellen Farben, und zwischen den Dörfern ist alles grün. Ich blicke in Vorgärten, in denen Kinder Trampolin springen, über Felder hinweg, die irgendwo ausfransen, weil ihnen jede Begrenzung fehlt, und muss mich ständig daran erinnern, dass nicht jeder Halt des Zuges ein Checkpoint ist. Ich erwarte, dass die Türen auffliegen, in Ergoldsbach, Eggmühl und Parsberg, dass Soldaten hereinstürmen, mit ihren Stiefeln voran, und mir befehlen, mit den Händen auf dem Rücken zum Bahnsteig zu gehen. Aber sie kommen nicht. Der Zug fährt weiter, er lässt die Namen hinter mir, als Teil einer Besetzung, die weit zurückliegt, und ich strecke die Beine aus und erwarte den Schaffner, der mir befiehlt, meine Schuhe vom Sitz zu nehmen, an denen noch ein Rest roter Erde klebt.

Meine Freundin steht am Ende des Bahnsteigs. Sie hält Ausschau nach mir, der Strom der Reisenden teilt sich um sie, und schon von Weitem kann ich erkennen, dass sie ganz anders aussieht, als ich sie in Erinnerung habe. Sie ist schärfer gezeichnet, weniger weich als die Frauen im Dorf, von denen mir anfangs keine gefiel, aber am Ende fand ich fast jede schön. Manchmal fragte ich mich, wie man das aushalten sollte: sechs Wochen lang allein mit sich selbst. Und mit der Lust, mit der man im Dorf niemals alleine war. Irgendwann aber gewöhnte man sich daran, alles mit allen teilen zu müssen. Man überwand sich: in der Baracke, wo knapp fünfzig Männer lagen, im Kampf gegen die Schlaflosigkeit, oder im Toilettencontainer, wo ich bald eine gewisse Routine bekam, während die anderen ihre Därme entleerten und jedes Geräusch die dünnen Wände zum Zittern brachte. Faruk behauptete, es sei so etwas wie unsere Bürgerpflicht: uns wieder runterzuholen, nach jedem Tag, um einen entspannteren Umgang zu pflegen.

Mein Rucksack ist uns im Weg. Ich lasse ihn fallen, und meine Freundin zieht mich heran. Ihr Körper passt noch an meinen, ich halte sie fest und lasse meine Hand an der Stelle liegen, wo sich der Stoff ihres Slips in die Hüfte drückt. Mir wird warm bei dem Gedanken, dass sie bloß meinetwegen gekommen ist: damit ich sie anfassen kann, damit sie mich auffangen kann, denn ich bin schwer und kann mich selbst nicht mehr tragen. – He! lacht sie und muss unter meinem Gewicht in die Knie gehen. Sie befreit sich aus der Umarmung, greift nach meiner Hand und zieht mich die Treppe hinunter. Ihre

Finger sind warm und verschwitzt. Ein paar Tauben fliegen auf, dicht unter der Kassettendecke der Bahnhofshalle, und ich erinnere mich daran, von diesem Blick schon einmal gelesen zu haben. Es ist der Blick eines Heimkehrers, bestimmt sechzig Jahre alt, aus einer dieser Geschichten nach Kriegsende, die immer am Bahnhof beginnen, wo die Uhren niemals stehen geblieben sind und die Zeitungsständer sich immer noch drehen. Es ist ein Blick, der mir nicht gehört, und als ich mich umsehe, entdecke ich den Wachmann, der vor dem Juwelierladen steht. Er fixiert mich, während wir durch die Halle gehen, ich spüre seinen Blick auf mir ruhen, er lässt mich nicht aus den Augen, und ich fühle mich ertappt wie ein Dieb.

Wir gehen zu Fuß nach Hause, anstatt mit der Tram zu fahren. Am Handgelenk meiner Freundin schlenkert eine Plastiktüte, mein Proviant, der ihr ab und zu gegen die Schenkel schlägt, weil wir uns im Zickzack bewegen. Die Fußgängerzone ist voller Menschen, Statisten, die vor den Schaufenstern stehen, es ist ein Samstag, die Innenstadt muss belebt aussehen, so lautet die erste Regel des Spiels, und ich habe Mühe, ihnen rechtzeitig auszuweichen. Mir fällt auf, dass sich auf diese Art sonst nur Frauen bewegen. Männer laufen stur geradeaus. Sie scheinen einer Spur zu folgen, auf ein Ziel zuzusteuern, von dem sie nichts abbringen kann, und ich fürchte, dass mein Gang mich verrät – wo ich herkomme und es verlernt habe, mich so zu bewegen, auf eine

Weise, wie im Dorf nur Uniformierte gingen: mit der Sicherheit, dass ihren Weg niemand abschneiden würde.

Willst du etwas essen? fragt meine Freundin. Wir passieren die Restaurantmeile, den Inder, den Italiener, den Thai-Imbiss – oder hast du keinen Hunger? fragt sie. Ich zucke mit den Schultern. Also lieber nach Hause? Ich nicke, obwohl es mir gleichgültig ist – aber sie wirkt zufrieden. Ich soll wissen, was ich will, jetzt, da ich wieder in Freiheit bin, ich soll mich freuen, dass ich wieder entscheiden kann; also entscheide ich, um ihr eine Freude zu machen. Ich behaupte, dass ich lieber zu Fuß gehen will, nicht mit der Tram fahren, schließlich saß ich schon sechs Stunden im Zug. Ich gebe ihr die Plastiktüte, die kaum etwas wiegt, und dann folge ich ihr gern nach Hause, um nicht zwischen Thai, Italiener und Inder wählen zu müssen.

Zu Hause wartet die Katze auf uns. Sie sitzt im Flur und ist ein wirkliches Tier, schwarzweiß gefleckt. Früher hat sie mich bereits an den Schritten erkannt. Jetzt aber läuft sie geduckt, und als ich ihr über das Fell streichen will, beugt sie sich unter meinen Fingern hinweg. Ich gehe ins Bad, um mir die Hände zu waschen, an denen noch der Dorfgeruch klebt. Willst du ein Bier? ruft meine Freundin aus dem Flur. Das Wasser läuft, ich halte den Kopf unter den Strahl und gebe vor, sie nicht verstanden zu haben. In Gedanken gehe ich die Checkliste durch: Muss ich ihr Rechenschaft ablegen? Ist sie mir weisungsbefugt? Sie ist deine Freundin! sage ich mir, sie kümmert sich bloß, und trotzdem fühle ich mich kontrolliert. Ich rufe zurück: Wenn du auch eins trinkst!

Es gab viele Möglichkeiten, das Dorf bereits vor Ablauf der Zeit zu verlassen, selbst wenn man über das Arbeitsamt kam und Aufgeben nicht zulässig war. Wer sich mit Alkohol erwischen ließ, konnte sich sicher sein, dass die Firma ihn nicht wieder einladen würde. Er wurde auf die schwarze Liste gesetzt und auf eigene Kosten nach Hause geschickt, mit zwanzig Prozent Abzug für jeden Tag, den er glaubte, bereits zu hundert Prozent geleistet zu haben. Wenn er Pech hatte, kürzte das Arbeitsamt seine Bezüge, und trotzdem legten es manche fast darauf an, vor allem jene, die kein Talent zum Vortäuschen von Krankheiten hatten. Manchmal genügte es schon, einen der gelben Schmetterlinge anzufassen, die überall zwischen den Häusern im Gras saßen. Entschärfte Butterfly-Minen, und wie oft hatte der Supervisor uns davor gewarnt, ihre Flügel zu berühren, um nicht sofort selbst zu Staub zu zerfallen. Es passierte nichts, sie heulten bloß los. Doch wer das Signal auslöste, der konnte gehen, weil er sich nicht an die Regeln gehalten hatte, selbst wenn sie nur in diesem Spiel einen Sinn ergaben.

Andere weigerten sich, das Sensorgeschirr anzulegen. Sie stellten sich tot, wenn wir *Dorfleben!* spielten, als hätten sie den Befehl nicht gehört, und wieder andere revoltierten subtiler. Sie nahmen nur die Batterien heraus, um das Gewicht zu reduzieren, denn mit den Akkus wog der Kasten am Rücken so schwer, dass er die Riemen nach hinten zog und das Gefühl, im Geschirr keine Luft zu bekommen, keine blasse Metapher war. Wer erschossen wurde, ohne dass die Sensoren aufheulten, wurde endgültig für tot erklärt. Er stand nicht wieder auf, wie die anderen Toten, er fuhr zurück und durfte den Rest seiner Zeit dazu nutzen, sich das Dorf aus den Träumen zu waschen.

Auch in der Baracke erwachten viele schweißnass. Manche stöhnten im Traum, wir weckten uns gegenseitig und versuchten, tagsüber zu schlafen, in Wechselschicht und in dem Wissen, dass irgendwer Schmiere stand, den wir mit Zigaretten bezahlten. Nachschub gab es bei den Soldaten. Oder beim Busfahrer, bei dem man fast alles bekam, wenn man bereit war, die frei erfundenen Preise zu zahlen. Die Zigaretten wurden teurer, Schlaf unerschwinglich, und zur Ruhe kamen bald nur diejenigen, die noch etwas Bargeld besaßen oder Wertsachen versteckt hatten, eine Uhr, einen MP3-Player, letzte Dinge, Habseligkeiten, die sie am Anfang durch die Kontrolle geschleust hatten.

Wer sich Alkohol leisten konnte, trank am besten in der Moschee. Es war der einzige Ort, an dem der Supervisor uns nicht sah. *Allahu akbar*, rief Saheed, der auch jenseits des Zaunes so hieß: *Dafür kommt ihr in die Hölle!* versprach er, doch als Prophet taugte Saheed nicht viel. Nachts, wenn wieder eine Blendgranate unseren Schlafsaal getroffen hatte und die Halle evakuiert werden musste, bekamen die Betrunkenen am wenigsten mit. Die Hölle war es nur für die anderen, und viele tranken gegen die Angst, andere bloß aus Gewohnheit, und die meisten vermutlich, weil sie trinkend den Kampf gegen die Zeit aufnahmen. Ich hätte auch gerne getrunken, aber ich hielt mich an Aladdins Glaubensregeln, und sein erster Glaubensgrundsatz besagte, dass man im Dorf niemals in Sicherheit war. Alles konnte jederzeit außer Kontrolle geraten. Auf niemanden war hier Verlass, nicht einmal auf den, für den man sich bisher gehalten hatte und den man hier nicht wiedererkannte. Also blieb ich nüchtern. Ich zwang mich, wachsam zu sein und die schmale Grenze, die zwischen Gedanken, Wörtern und Taten verlief, niemals aus den Augen zu lassen.

Meine Freundin drückt mir das Bier in die Hand. Lass uns nach draußen gehen, schlägt sie vor. Es ist noch so schön! Wir ziehen die Tür hinter uns zu und laufen mit den Flaschen durch die Straßen, einfach so, niemand stört sich daran. Trotzdem drehe ich mich immer wieder um. Ich bin unruhig und fühle mich wie jemand, der vergessen hat, den Herd auszuschalten oder den Wasserhahn zuzudrehen. Ist irgendwas? fragt meine Freundin. Aber ich komme nicht darauf, was es ist. Ich lege den Arm um sie und antworte, dass es sich komisch anfühlt, mit ihr hier draußen zu sein, obwohl es bald dunkel wird und ich mich nirgendwo abgemeldet habe.

Vom Spätkauf wehen Stimmen herüber. Dort spielen sie Sommerabend, sie trinken ihr Bier auf der Bordsteinkante, von irgendwoher kommt Musik, und alles ist leicht und ein Spiel, auf das ich mich nicht einlassen kann. Ich kämpfe gegen ihre Leichtigkeit an, denn, wenn alles ganz einfach so leicht sein kann, was sind dann die sechs Wochen gewesen? Haben sie überhaupt existiert? Nichts ergibt einen Sinn, hier draußen noch weniger als drinnen, und plötzlich verstehe ich Ibrahim, der nur noch im Dorf weiterlebte. Jeden Sommer kam er zurück, nur diese Wochen schienen zu zählen, und am Abend lief er bis zum Ortsrand, wo er über die Wiese blickte, auf die Hügel der Fränkischen Alb, die vor ihm im Dämmerlicht lagen. Ich saß auf der Terrasse und beobachtete ihn, wie er irgendwas murmelte, von einem Fuß auf den anderen trat und vor der menschenleeren Landschaft wie der erste oder der letzte Bewohner auf Erden aussah.

Ich weiß nicht viel über Ibrahim, bloß das, was er aufsagen konnte: dass er aus Afghanistan stammte, noch mit den Russen des Landes geflohen war, danach in Aserbaidschan gelebt hatte und schließlich nach Deutschland gekommen war. Es ist die Geschichte, die er auch jenseits des Zaunes erzählt, und sein Deutsch war so schlecht, dass wir zwei meistens Englisch sprachen. Sein Türkisch sei besser, behauptete er, auch sein Kasachisch und drei weitere Sprachen, in denen ich ihn jedoch nur schweigen hörte. Er wirkte heimatlos, sprachlos, trotz all seiner Sprachen, und nur im Dorf schien er noch ein Zuhause zu haben. In einer Kulissenwelt, in der er die Rolle des Ibrahim spielte und jeden Sommer an den Ort seiner Kindheit zurückkehrte. Dann lief er bis zum Dorfrand, wo seine Reise plötzlich zu Ende sein sollte, weil es verboten war, das Dorf zu verlassen. Die Wiese sei vermintes Gebiet, explosives Terrain, und kaum ein anderer befolgte diese Regel mit solch einer Inbrunst wie Ibrahim.

Lass uns etwas essen, schlage ich vor. Wir holen zwei Döner vom Grill und setzen uns damit auf die Wiese. Meine Freundin fragt, ob ich nichts erzählen will. Ich stopfe mir den Mund voll, sie küsst mir Knoblauch-Sauce vom Kinn, und später liege ich neben ihr im Gras, das noch warm von der Hitze des Tages ist. Der Himmel ist verwaschen. Die Wetter-App sagt, dass es später noch regnen wird. Ein Sommergewitter, spürst du den Wind? Wir reden über das Wetter und stellen fest, dass es hier und im Dorf meistens dasselbe war. Dieselbe Sonne, derselbe Himmel, derselbe Wind, und ich stecke mein Handy zurück in die Hosentasche und finde den Cookie, den ich ihr mitgebracht habe, warm und zerdrückt, eine klebrige Masse aus Teig, Macadamianüssen und *White Chocolate Chips.* Sie kann nicht fassen, wie süß er schmeckt. Er schmeckt normal, finde ich, nachdem ich jeden Tag mindestens zwei dieser Dinger gegessen habe, und ich erzähle ihr, was wir sonst noch bekommen haben.

Im Dorf verbrachten wir ganze Tage damit, über das Essen zu sprechen. Ganze Tage, die wir damit verbrachten, auf das Essen zu warten, ganze Tage, die bloß deshalb vergingen, weil wir uns ausmalten, was das Catering am Abend anliefern würde. Das Essen portionierte die Zeit. Es half uns dabei, die Tage auseinanderzuhalten, solange es nicht immer das Gleiche gab, und ganze Tage verbrachten wir damit, uns beim Supervisor darüber zu beschweren, dass auf dem Speiseplan zu wenig Abwechslung stand.

Zum Frühstück bekamen wir Rührei. Ein milchiges Pulver, das der Truppenteil, der für unsere Verpflegung zuständig war, mit heißem Wasser anrührte. Dazu Speck und Würstchen, Maisbrot oder Pancakes mit Ahornsirup, Toast, der in Zimtbutter schwamm, und ab und zu paniertes Hähnchenfilet. Zum Mittag nahm ich mir Feldnahrung mit ins Café, einen der braunen Plastikbeutel, auf denen *Beef Brisket*, *Chicken Fajita* oder *Meatballs in Marinara Sauce* stand und manchmal auch der Zusatz *halal*. Die *halal*-Rationen waren eigentlich Ibrahim, Saheed und Mujadin vorbehalten, während Aladdin sich nicht darum kümmerte, wie die Packung beschriftet war. Auch ich las den Aufdruck nur, um eine Vorstellung davon zu bekommen, welcher

Geschmack mir bis zum Abend noch aufstoßen sollte, bis ich ihn überlagern konnte: mit riesigen Portionen Spareribs, schwarzen Bohnen und Mais, French Fries oder Kartoffelpüree.

In der ersten Woche luden wir uns die Teller noch voll. Wir aßen, als müssten wir uns einen Vorrat anlegen, schließlich konnte es nicht ewig so weitergehen. Auf sieben fette Tage mussten sieben magere folgen, doch in der zweiten Woche gab es genauso viel, und selbst diejenigen unter uns, die sich anfangs noch im Paradies gewähnt hatten, vertrugen das Essen nicht mehr. Es gab fast niemanden, der nicht an Verstopfung oder Blähungen litt. Der Verdauungsapparat nahm einen großen Platz in unseren Gesprächen ein, und in der dritten Woche bemerkten die Ersten, dass ihnen die Kleidung zu eng um den Körper saß. Die Frauen legten am Abend die Burkas ab, sie probierten ihre Jeans an, die nicht mehr passten; ein paar Veteranen hatten Vitaminpillen mitgebracht, die bald teurer als Zigaretten gehandelt wurden, und auch Aladdin ging auseinander – unter seinem Kaftan, in der fremden Haut, von der ich anfangs meine Zweifel gehabt hatte, ob ich sie würde ausfüllen können. Sie begann, um meinen Körper zu spannen, ein Körper für zwei, *binde zwei Vögel zusammen, sie werden nicht fliegen können, obwohl sie nun vier Flügel haben.* Ich war Aladdin, und Aladdin war *supersized me.*

Anfangs wehrte ich mich noch gegen seine Überhandnahme. Es war uns verboten, uns schnell zu bewegen: Wer durch das Dorf rannte oder zum Waldrand joggte, galt als Angreifer und kam in den Knast. Also fegte ich bloß die Terrasse. Ich marschierte durch den Ort, mehrmals am Tag, selbst wenn kein Konvoi auf dem Weg zu uns war, und befüllte meine Ärmel mit Steinen, um schwerer zu tragen zu haben. Wenn ich keine Steine mehr fand, weil sie alle bereits in Kegeln am Ortsrand lagen, ruderte ich mit den Armen. Ich riss die Knie hoch, und der Dorfpolizist, der erst später als Ersatzmann gekommen war, muss meine Rolle für die des Idioten gehalten haben. Für die eines Irren, der glaubte, diesem Irrsinn entkommen zu können, wenn er nur schnell genug ruderte, wie ein Apache-Hubschrauber, der in einer Wolke aus rotem Staub verschwand.

Dabei war es Walid, der die Rolle des Dorfidioten besetzt hielt. Er war ein Apache-Hubschrauber, er war ein Comanche, ein Chinook, er schwebte über den Dingen, drehte ab und war allem entflohen, ohne das Dorf verlassen zu haben. Er war ein Cheyenne- oder Cherokee-Heli, er war ein Mohawk, einer der Letzten seiner Art, während Faruk und ich auf der Terrasse saßen und den anderen beim Verschwinden zusahen. Unser Dorf wurde von Tag zu Tag leerer, aber Walid war immer noch da, mit seinem Kopfverband, den er wie eine Auszeichnung trug, seit er darunter unverwundbar geworden war. Das Blut, das daran klebte, war nicht echt, und Faruk wunderte sich, dass die Militärhubschrauber auf die Namen besiegter Stämme getauft worden waren. Bringt so was Glück? fragte er und überlegte, ob die nächste Generation Kampfjets und Drohnen wohl nach uns benannt werden würde. *Starfighter Pashtun* oder *Microcopter Phantom-Tajik*? Du spinnst, sagte ich, während Walid auf der Straße strammstand und salutierte, als ihm jemand entgegenkam. Auf Paschtu nannten wir die Drohnen *Machay*: Wespen, wegen des summenden Geräuschs, das im Dorf allgegenwärtig war. Wer gestochen wurde, kam nicht mehr zurück. Er wurde ausgetauscht, wenn er Allergiker war, und Faruk behauptete, dass man Drohnen längst bei Amazon kaufen konnte. Sie mochten wie Spielzeug aussehen, die Kameras aber waren echt, und nicht nur Hubschrauber, sondern auch Topterroristen würden schließlich nach Indianern benannt. *Codename Geronimo* – sagt dir das was?

Mir schwirrte der Kopf. In Momenten wie diesen war ich regelrecht froh, dass sie uns die Handys abgenommen hatten, denn ohne Netzzugang klang alles so irre, als könnte Faruk es sich bloß ausgedacht haben. Faruk, der zu Hause zu viel vor dem Computer saß und jetzt behauptete, dass das alles nicht neu für ihn war: Die Ego-Shooter-Bewegungsabläufe, wenn wir den Soldaten zusahen, wie sie mit vorgehaltener Waffe die Häuser stürmten, das Geballer, der Rauch der Blendgranaten, und wir, sagte Faruk, sind so was wie die Avantgarde. Ein Blick in die

Zukunft, die neueste Kriegsspiele-Generation: Man spielte nicht länger Soldat, man war Zivilist, der den Kampf ums eigene Überleben antrat. *This war of mine*, sagte er. Google das mal!

Und eines Tages vergesse ich alles. Da spielen sie wirklich nur, die Soldaten, und Aladdin und ich stehen am Zaun und sehen ihnen dabei zu. Man hat uns ins Lager gebracht, ich muss einen Stock auf dem Rücken festhalten, und auf dem Weg zur Station, wo sie auf meine Aussage warten, führt man mich an einem Platz vorbei, auf dem die Soldaten Basketball spielen. Es sind Männer in bunten Trikots. Ohne Uniform erkennt man sie kaum, Schwarze und Weiße, sie sehen athletisch und schön wie im Fernsehen aus. Die Bälle fliegen durch die Luft, und alles ist leicht und schnell, federnd, wie sie plötzlich vom Boden abheben und eine winzige Bewegung aus dem Handgelenk ausreicht, um den Ball in den Korb zu befördern. Es ist eine Straßenszene, eine Hinterhofstimmung, und wie zur Erinnerung daran, wo wir uns befinden, führt man mich an den parkenden Humvees vorbei, an vier Apache-Helis, neben denen drei riesige Chinooks aufgereiht sind – gleich hinter dem Platz, auf dem sie Basketball spielen.

Bist du froh, wieder hier zu sein? fragt meine Freundin. Ich nicke und sehe mich um. Über dem Dönerladen blinkt blaurotes Licht. Es explodiert nicht, es blinkt einfach nur, und dann donnert es, weil es später noch regnen wird. Der Himmel ist unruhig, die Wolken bewegen sich, und über der Wiese hängt Rauch, bloß, weil jemand grillt. Die Häuser stehen an ihren Plätzen. Die Fassaden sind frisch saniert, und nichts deutet darauf hin, dass sie im nächsten Moment schon einstürzen könnten. Es dämmert, die Wände sind von langen Schatten durchbrochen, sie sehen zerschossen aus, die Farbe platzt ab. Ich höre das Glas splittern, Männer springen durch die zerborstene Schaufensterscheibe, sie räumen den Elektroladen im Erdgeschoss aus, irgendwo heult eine Sirene, aber außer mir scheint es niemand zu hören, niemand scheint diese Szene zu sehen. Wo bist du gerade? fragt meine Freundin. Ich küsse sie, sie schmeckt nach Keksresten, und dann gehen wir nach Hause, wo sie das Fenster öffnet, um den Regen zu hören, während sie mit mir schläft – auf die gleiche, mir etwas abnehmende Art, wie sie am Nachmittag meine Plastiktüte getragen hat.

DREI

In der ersten Nacht schlafe ich schlecht. Es heißt, was man träumt, in der ersten Nacht in einem fremden Bett, soll in Erfüllung gehen, und im Traum trage ich noch immer das Sensorgeschirr. Ich spüre die Batterie zwischen den Schulterblättern, die scharfen Kanten, die sich in meinen Rücken bohren, und als der Kasten zu piepsen beginnt, weil das Sensorgeschirr ein Sprengstoffgurt ist, weiß ich, dass alles gut werden wird: Ich kann ihnen entkommen, und in dem Moment, in dem es mich zerfetzt, öffne ich die Augen und sehe das Licht, vor dem sich die Gardine bewegt. Ich greife unter mich, ziehe den Wecker hervor und erinnere mich daran, wie man die Schlummertaste drückt. Danach ist es still. Nur der Druck um meine Brust ist geblieben und das Gefühl, bis zum Bersten gespannt zu sein.

Im Dorf konnten wir nachts die Sprengsätze hören, die die Taliban am Rande des Lagers zündeten. Am Abend, wenn wir in die Baracke gingen, stiegen sie in ihre Pick-ups, um auf den Hügel zu fahren und die Soldaten die ganze Nacht wach zu halten. Die Taliban schliefen am Tag. Sie wurden nicht von Statisten gespielt, es waren Soldaten, die über den Gesetzen des Dorfes standen, und wenn der Supervisor *Dorfleben!* rief und wir anderen raus auf die Straße liefen, zogen die Taliban sich in ihr Quartier zurück. Die Fensterläden blieben geschlossen, und erst am Abend verließen die Männer den Ort. Kurz darauf sahen wir die Blendgranaten aufsteigen, rotes Licht, das am Himmel einen Bogen beschrieb, bevor es kreiselnd wieder zu Boden ging. Die Bilder erinnerten an ein Fest, dazu der Rauch, das Aufheulen wie von Feuerwerkskörpern, und in der Nacht der Echoruf der Sirene, wenn die gebrüllten Befehle einen Spähtrupp in die Dunkelheit des Geländes ausschickten. Nur am Anfang wurden wir davon noch wach. Später hatten wir gelernt, den Gefechtslärm für unsere Träume zu halten, und erst am Morgen danach fühlte ich mich, als hätte ich nachts einen Kampf ausgetragen. Es waren erschöpfte Tage, die darauf folgten, und seit Faruk fort war, saß ich allein auf der Terrasse und kämpfte mit Aladdin gegen den Schlaf.

Aus der Vogelperspektive, auf den Satellitenbildern, müssen die Taliban klein und schwarz wie Ameisen ausgesehen haben. Klein und schwarz wie der Mann, der im Garten seines Verstecks in Abbottabad stundenlang im Kreis gelaufen war. Wir alle hatten von diesen Bildern gehört, und einer der Taliban machte sich einen Spaß daraus, vor uns im Kreis zu laufen, sobald ihm einer der Zivilisten entgegenkam. Dann standen wir stramm vor ihm, denn er war der Topterrorist und zugleich ein Soldat, der uns daran erinnerte, dass der Topterrorist wie eine

Ameise von ihnen zerquetscht worden war. Mit seinem Spiel war plötzlich alles wirklich: dieser Ort, den die Truppen als Trainingsplatz nutzten, wie zuvor den Nachbau eines Verstecks in Abbottabad, der sich in den Wäldern von North Carolina befand. Dort hatten sie sich von Hubschraubern abgeseilt und den Sturm auf eine Festung geprobt, die aus Holzlatten gezimmert war, aus Bauzäunen und Schiffscontainern errichtet, gesichert durch einen Graben und angrenzend an ein Stück Land, das, von Furchen durchzogen, aus der Drohnenperspektive wie ein Acker aussah. Faruk behauptete, dass man für einen Spielfilm alles noch einmal nachgebaut hatte: die Festung und den Nachbau der Festung; Abbottabad lag in der Wüste New Mexicos, und auch hier waren die Namen und Orte so austauschbar, dass selbst die Bäume nur deshalb am Waldrand gepflanzt zu sein schienen, weil auch anderswo Bäume am Waldrand gewachsen waren. In North Carolina oder am Fuße der Fränkischen Alb, die hinter dem Sicherheitszaun den Hindukusch nachbildete, rings um eine Bastion, die vielleicht gar nicht hier, sondern irgendwo in New Mexico stand und früher einmal das Staatsgefängnis gewesen war, bevor man sie in ein Filmset verwandelt hatte. Der Sicherheitszaun war noch original. Er trug eine fünf Meter hohe Stacheldrahtkrone, die durch die Kameraperspektive noch größer erschien, und Faruk behauptete: Im Film wurden der Topterrorist und seine Familie von Exil-Irakern gespielt.

Ich gehe ins Bad und halte mich am Türrahmen fest. Meine Freundin ist schon wach. Sie hat meinen Rucksack ausgekippt, steht inmitten meiner Wäsche und hält eine Jeans hoch, die ich im Dorf nicht angehabt habe. Das ist ja alles noch sauber, sagt sie. Ich antworte, dass sie das nicht machen muss. Sie sieht mich an und lacht – natürlich muss sie das nicht machen! Dazu schüttelt sie den Kopf, und ich kann ihr nicht sagen, was mich daran stört, dass sie meine Wäsche durchwühlt. Ich ziehe mein T-Shirt über den Kopf, steige aus den Boxershorts und werfe beides auf den Haufen, den sie bereits aussortiert hat. Außer Unterwäsche hatte ich im Dorf kaum etwas an, und Aladdins Kaftan, den ich darüber trug, wusch ich fast jeden Tag aus, bis das Wasser im Trog nicht mehr rot gefärbt war. Ich habe versucht, mich beim Waschen zu verausgaben. Es war die einzige annähernd anstrengende Tätigkeit, zu der ich im Dorf die Erlaubnis bekam, und nach sechs Wochen war Aladdins Kaftan so fadenscheinig geworden, dass ich beinahe hindurchsehen konnte. Ich gab ihn zurück, bevor mein Rucksack durchsucht wurde, und mir gefiel der Gedanke, dass er nicht mehr zu gebrauchen war und dass die Firma Aladdin neue Kleider spendieren musste. Er würde nie wieder so aussehen, wie ich in ihm ausgesehen hatte, es gab nicht einmal ein Foto von uns, und vielleicht war er ihnen doch noch entkommen. Es ist seltsam, aber als Aladdin habe ich ihnen niemals gehört. Es ist mein Name, der in den Akten steht, ich bekomme das Geld, es ist meine Unterschrift, mit der ich mich zum Schweigen verpflichtet habe, während Aladdin erst zu zittern begann, als der Lauf einer Waffe auf seine Schläfe gerichtet war. Das ist trotzdem verdreckt, sage ich und stopfe auch den Rest in die Trommel.

Als sie hinausgegangen ist, schließe ich mich im Bad ein. Ich drehe den Schlüssel um, bloß, weil es möglich ist, und als Erstes nehme ich mir Aladdins Bart ab, um nicht länger wie sein Spiegelbild auszusehen. Ein letztes Mal nicke ich ihm zu, Aladdin nickt zurück, und dann pinsle ich mir weißen Schaum ins Gesicht und fahre mit dem Rasierer durchs Bild, aus dem mich immer noch Aladdins Augen ansehen. Die Haut um mein Kinn ist ganz hell geblieben, aber der Rest scheint noch zu ihm zu gehören; ein oder zwei Tage noch, sage ich mir, dann wird er verschwunden sein, im Dorf zurückgeblieben, und die Erinnerung wird sich langsam zusammenziehen. Die Bilder werden vertrocknen, und auch das Klopfen wird allmählich leiser werden, aus dem Container, der hinter meinen Schläfen versiegelt ist, Aladdins Stimme, die langsam erstickt. Und bis dahin rasiere ich mich, jeden Morgen, wenn wieder ein Schatten auf meinem Gesicht liegen wird, als wollte Aladdin noch einmal Besitz von mir nehmen.

Den Rest des Tages verbringe ich damit, Dinge zu tun, die ich mir für meine Rückkehr vorgestellt habe. Jeder von uns hatte so eine Liste im Kopf: Dinge, die er tun wollte, wenn er wieder zu Hause war, weil man die Freiheit nicht einfach zurückbekam. Man musste um sie kämpfen, und sei es nur, dass man sich im Bad einschloss, weil es wieder Türschlösser gab. Der Supervisor hatte uns gewarnt: Nicht alle würden draußen gut klarkommen, wo die Regeln des Dorfs nicht mehr galten. Als er weg war, machten wir Witze darüber: dass es sicher nicht leicht werden würde, wieder saufen und vögeln zu dürfen, uns die WM-Spiele anzusehen und nicht mehr beim Pissen bewacht zu werden. Wir erzählten uns, was wir uns für den ersten Tag vornahmen. Es fühlte sich an, wie gemeinsam auf das Essen zu warten, und ich träumte davon, mich im Bad einzuschließen und eine Ewigkeit auf dem Klo zu verbringen. Ich stellte mir vor, durch das Stadtmagazin zu blättern, mir Konzerte im Veranstaltungsteil anzustreichen und zu sehen, welche Filme noch liefen. Ich malte mir aus, in einem abgedunkelten Zimmer zu sitzen, einen Kopfhörer aufzusetzen und ein paar Videos zu streamen, während draußen die Sonne schien und mich niemand vermisste. Niemand würde wissen, dass ich zurückgekehrt war. Das wird verdammt hart werden, sagte ich zu den anderen und gab mir Mühe, ernst auszusehen.

Und jetzt ist es so weit. Ich stehe unter der Dusche, und niemand hämmert gegen die Tür, um mich daran zu erinnern, dass das Warmwasser bald aufgebraucht ist. Ich höre die Waschmaschine rotieren, wasche mir die Haare, die Füße, den Schwanz und denke dabei an meine Freundin, die nebenan sitzt und mit dem Frühstück wartet. Etwas anderes denke ich nicht, und auch das ist befreiend: nicht plötzlich Lust haben zu müssen, bloß weil ich gerade allein mit mir bin. Ich trockne mich ab, meine Haut ist aufgeweicht und lässt sich vom Körper ziehen wie Fetzen von Schlaf.

VIER

In den nächsten Tagen versuche ich, wieder den Anschluss zu finden. Ich lese die Tageszeitungen, die meine Freundin gesammelt hat (sechs Wochen sind ein riesiger Stapel), surfe durchs Netz, durchforste die Mediatheken, höre Radio und lade mir Podcasts herunter. Ich lese sogar das Stadtmagazin. In der Juliausgabe findet sich kein Beitrag von mir. Keine Filmkritik, keine Buchrezension, nicht einmal ein Gastro-Tipp. Ich komme nicht vor, und außer mir wird es niemand bemerken. Es ist bloß das Stadtmagazin, sage ich mir, ein Heft, das mich nicht interessiert und für das ich bloß schreibe, wenn sich gar nichts anderes findet. Trotzdem macht es mir Druck: zu sehen, wie ersetzbar ich bin. Es wird Zeit, denke ich; ich muss meine E-Mails lesen, telefonieren, mir Sätze für einen Pitch überlegen, Kontakte abfragen und Aladdins Notizen sortieren. Bald. Noch nicht jetzt, niemand weiß, dass ich zurückgekehrt bin, und im Dorf habe ich mir vorgestellt, dass sich so die Freiheit anfühlt. Ich habe mir vorgenommen, dass meine Arbeit mir wieder Spaß machen wird, weil ich nicht mehr jeden Mist annehmen will, für 43 Cent Zeilenhonorar, bloß, um irgendwo meinen Namen zu lesen, wie zum Beweis, dass ich noch existiere, zu einem Stundenlohn, den man sich besser nicht ausrechnen darf. Ich höre meine Mailbox ab und notiere mir, wen ich zurückrufen will, überfliege meine Mails und markiere sie als ungelesen, meine Abwesenheitsnotiz bleibt aktiv. Diesmal will ich es richtig angehen. Mir Zeit lassen, Aladdins Stoff nicht verheizen, ab sofort wird nur noch groß angeboten, und wenn es überregional nicht funktioniert, versuche ich es noch mal mit der Volo-Bewerbung. Der Stichtag ist erst in ein paar Wochen. Auf meinem Schreibtisch liegen Briefe von der Versicherung, Werbung für ein Rentenmodell und ein Schreiben von meiner Bank, die mir zum Geburtstag gratuliert und mir mitteilt, dass mein Girokonto nicht mehr kostenlos ist. Ich frage mich, ob Aladdins Sold schon auf meinem Konto gelandet ist, wie lange ich damit auskommen werde, und als ich das Stadtmagazin auf den Zeitungsstapel zurückwerfe, bin ich mir ganz sicher, dass das Warten sich noch auszahlen wird.

Meine Freundin kann nicht verstehen, warum ich Aladdins Geld *Sold* nennen will. Meinst du das ernst? fragt sie, du warst doch Zivilist, kein Soldat! Sie kneift die Brauen zusammen, und ich antworte ihr als Veteran: Das da war Krieg, sage ich. Es war Aladdins Alltag, seine Freizeit, sein Schlaf. Und wie soll man begreifen, was es aus einem macht, wenn man sogar Angst vor den Namen hat? Meine Freundin schüttelt den Kopf. Wie soll man irgendetwas begreifen, fragt sie, wenn man längst ein Teil davon ist? Du hast versprochen, dass du nicht dazugehören wirst. Als du gefahren bist, warst du Journalist. Und nur zur Erinnerung: Du warst nie im Krieg! Du bist nicht mal im Ausland gewesen!

Trotzdem tut sie, als wäre ich noch immer weit weg. Jeden Abend will sie mich zurückholen, sie kommt nach Hause, lässt ihre Tasche fallen, sieht nach, wo ich bin, und dann haben wir Sex. Sie setzt sich auf die Tischkante, oder wir drücken uns an die Wand, wie zwei Fremde, die sich nicht einmal ausziehen, als wüssten wir, dass wir beobachtet werden. Ich schiebe ihren Rock nach oben, den Slip zur Seite, und dann fühlt es sich an wie zu dritt. Ich kann mir dabei zusehen. Ich bin der Dritte und beobachte uns, als würde ich mir einen Porno anschauen, der mich zwar kommen lässt, aber nicht besonders berührt. Es bleibt eine Phantasie, und ihr muss es ähnlich gehen, denn, selbst wenn sie stöhnt, wirkt sie sehr konzentriert, fast, als würde sie nach Drehbuch agieren. Sie bewegt sich vor mir, sie ist auf mir, ich kann ihren Körper spüren, das Gewicht ihrer Brüste. Ich schmecke ihre Haut, ihren Speichel, sie krallt sich fest, bis es weh tut, und trotzdem erreicht sie mich nicht. Es bleibt ein mittelbarer Schmerz, ein Gefühl aus zweiter Hand, während ich abseitsstehe und ihr dabei zusehe, wie sie mit einem anderen schläft.

Sie weiß, dass ich im Dorf verheiratet war. Ich habe ihr davon erzählt: von Aladdins Frau, von der ich kaum etwas wusste – bloß ihren Namen, und dass sie mir drei Kinder geboren hatte. Meine Freundin denkt, dass meine Frau bloß eine Vorstellung war. Ich habe ihr verschwiegen, dass sie später einen Körper bekam, erst in meiner Phantasie, und dann auch in der Realität, als der Supervisor mich vor der Geiselnahme mit einer Statistin verheiratet hat. Ich hätte ihren Körper, der plötzlich mir gehörte, gerne berührt, und ich verschweige meiner Freundin, dass ich zum Angreifer wurde, als der Soldat, der den Auftrag hatte, uns zu befreien, meine Frau angefasst hat.

Sie sah ganz anders aus, als ich sie mir vorgestellt hatte: groß und dick, mit heller, von Leberflecken durchbrochener Haut. Sie hatte riesige Brüste und kurzes, fransig geschnittenes Haar. Ich fand sie exotisch, vielleicht sogar schön, mit Aladdins Augen betrachtet, und konnte meinen Blick nicht von der glitzernden Kugel auf ihrer Oberlippe lösen, die sich beim Sprechen bewegte. Ich stellte mir vor, sie zu küssen, mit meiner Zunge an dieser Kugel zu spielen. Sie hatte ihre Burka zurückgeschlagen, immerhin waren wir jetzt Mann und Frau und allein in diesem Zimmer, wo wir nicht wussten, wie lange es noch dauern würde oder worauf wir überhaupt warteten. Ihr Mann sei Fernfahrer, erzählte sie mir, manchmal sahen sie sich wochenlang nicht. Schöne Scheiße, sagte sie. Dann lachte sie, ihr ganzer Körper zitterte, und ich weiß nicht, wie es weitergegangen wäre, wenn die Taliban den Raum nicht gestürmt hätten, um uns in ihre Gewalt zu bringen.

Auch ihr Bild taucht manchmal noch auf. Dann träume ich von ihr, und selbst im Schlaf bin ich nicht weit genug weg. Nur wenn ich ins Kino gehe, findet mich die Erinnerung nicht. Ich tauche ab, und gerade kann ich mir nichts Schöneres vorstellen, als in der Dunkelheit eines kühlen, leeren Raumes zu sitzen, in der Nachmittagsvorstellung, wenn ich fast allein im Kinosaal bin. Nur Aladdin kommt jedes Mal mit. Er darf immer kostenlos rein, und am dritten Tag muss auch ich nicht bezahlen. Es läuft eine Sondervorführung, *Chasing Ice*, die Geschichte eines Naturfotografen, der Jagd auf das Verschwinden der Gletscher macht. Die Reihen sind vollbesetzt, und nur mit Glück finden wir noch einen Platz. Eine Frau tritt ans Mikrophon, sie stellt sich vor, als Spitzenkandidatin ihrer Partei, die sich freut, uns diesen Film zeigen zu dürfen. Langsam begreife ich, dass ich in ihren Wahlkampf geraten bin. Sie bittet einen Mann auf die Bühne, der Experte für Klimaschutz sei und im Anschluss zum Gespräch bereitstehe. Der Saal applaudiert, doch als der Mann ans Mikrophon treten will, stürmt eine Gruppe von Aktivisten den Saal. Sie tragen Transparente, auf denen *Chasing Refugees* steht, bauen sich damit vor der Leinwand auf und verlesen ein Manifest, das die Flüchtlingspolitik der Partei für gescheitert erklärt. Ihr habt versagt, erklärt der Sprecher: allesamt, die ihr hier sitzt, Mitglieder, Wähler, Sympathisanten! Ich blicke mich um, ich bin im falschen Film, ich bin bloß hier, um einen Film anzusehen. *Kein Mensch ist illegal*, rufen sie von der Bühne, einige im

Saal applaudieren, ich würde auch gerne klatschen, wenn es keine Rechtfertigung wäre und ich mich nicht dazu gezwungen fühlte. In Berlin haben Asylbewerber eine Schule besetzt. Die Spitzenkandidatin soll eine Erklärung abgeben, sie tritt ans Mikro und sagt, dass sie keine Erklärung abgeben will. Weil sie neunundachtzig nicht auf die Straße gegangen sei, um sich jetzt sagen zu lassen, was sie zu sagen habe. Einige klatschen, sie verbeugt sich zum Saal, hinter ihr tönt es: *Kein Mensch ist illegal!* und ich stehe auf und will auf Aladdin zeigen: Er ist nicht mein Feind! Ihr habt den Falschen umstellt, wir sind bloß hier, um einen Film anzusehen, und dann stolpere ich durch die Reihe nach draußen. Alle Augen sind auf mich gerichtet, Aladdin schiebt von hinten, die anderen ziehen ihre Knie zurück, und der Sprecher ruft: *Weglaufen bringt nichts!* Als ich den Gang fast erreicht habe, tritt der Experte noch einmal ans Mikrophon. Er spricht über Länder wie Bangladesch, die mit dem Anstieg der Meeresspiegel versinken werden – die Potenzierung des Flüchtlingsproblems und ein weiterer Grund, diesen Film anzusehen! Endlich erreiche ich die Tür. Ich zwänge mich nach draußen, *kein Mensch ist illegal!* Der Ruf wird lauter, die ersten Aktivisten verlassen den Saal. Ich hole tief Luft und schnappe mir Aladdin – lass uns hier verschwinden! Und dann laufen wir durch die nächstbeste Tür, der Flüchtling und der Feigling, die Zuflucht im Textildiscount suchen, zwischen Ständern mit Ramschklamotten *Made in Bangladesh*, die jetzt schon nach dem Untergang riechen.

Es ist schwer, einen Anfang zu finden. Ich ordne meine Notizen, lose Blätter, die ich zwischen die Seiten der *Recherche* gesteckt habe. Die sieben Bücher, die ich im Dorf gelesen habe, sind voller Zettel. In den Falzen knirscht noch der Staub, und ich wundere mich, wie viele Notizen sich angehäuft haben. Auf jedem Blatt steht ein Datum, und trotzdem fällt es mir schwer, sie zu sortieren. Wenn ich zurückdenke, kann ich die Tage nicht mehr auseinanderhalten. Sie gleichen einander so sehr, dass sie miteinander verschwimmen, und von hier aus betrachtet erscheint mir die Zeit im Dorf nicht mehr lang, sondern vielmehr wie aufgehoben. Vielleicht habe ich dort sechs Wochen verbracht und jeden Tag einen Zettel beschrieben. Oder es war nur ein einziger Tag. Ein einziger, endloser Tag, und womöglich dauert er immer noch an.

Meine Freundin sucht die Briefe heraus, die ich ihr nach Hause geschickt habe. Sie freut sich, dass ich wieder mit der Arbeit beginne, sie ist sich sicher, dass mir bisher nur das Schreiben gefehlt hat, um wieder in den Alltag zu finden. Ich lege die Briefe und Zettel in die Schublade für *Material*, die vorher fast leer war. Was brauchbar ist, scheine ich geschrieben zu haben. Ein paar Artikel, die abgedruckt wurden, andere habe ich verworfen, und wieder andere waren bereits abgenommen, als irgendwer starb, irgendwo eine Bombe hochging, sich irgendein Rädchen verstellte, und der Text war nicht mehr aktuell. Man musste ihn schieben, weil etwas anderes dringender war, einmal, vielleicht auch ein zweites Mal, und in der dritten Redaktionskonferenz hatte er bereits keine Chance mehr, denn was taugte ein Text, den man schon zweimal zurückgestellt hatte. Meine Freundin sagt, ich solle es online versuchen. Auch andere Formate bedienen, in Echtzeit, und ein höheres Tempo vorlegen. Oder für den Hörfunk arbeiten. Dafür fehlt mir die Praxis! Und bevor sie mir ein Praktikum vorschlägt, erkläre ich ihr, dass ich zu alt dafür bin, im selben Alter wie Aladdin, dem es verboten war, sich schnell zu bewegen, und der im Dorf bereits drei Kinder ernährte.

Am Abend treffen wir uns mit Freunden im Park. Du musst unter Menschen! sagt meine Freundin, und wir setzen uns auf die Fußgängerbrücke, die über den Kanal führt, trinken Bier und Wein und gehen in den Geräuschen der Masse auf, die sich zwischen den Ufern versammelt hat. Ich soll erzählen, was ich im Dorf erlebt habe, und mir fällt auf, dass ich immer dieselben Sätze gebrauche, wenn ich darüber berichte. Meine Sprache schreibt ihre eigenen Geschichten, eine Folge von Anekdoten, die ich für meine Erinnerung halte, und hier auf der Brücke scheint mich alles nichts anzugehen, weil es sich so, wie ich davon erzählen kann, tatsächlich niemals abgespielt hat. Hier auf der Brücke bin ich vielleicht niemals dort gewesen. Die Sätze gehören mir nicht mehr. Ich zitiere bloß aus meinen Briefen und lege den Kopf in den Nacken, um dem blinkenden Licht zuzusehen, das sich am Himmel bewegt und hinter den Bäumen verschwindet. Meine Freundin umarmt mich. Geben deine Briefe was her?

Und dann schlägt Aladdin doch wieder zu. Aus dem Hinterhalt, wenn ich nicht damit rechne. Manchmal genügt es schon, dass irgendwo eine Autotür knallt oder ein Licht aufblitzt. Meine Freundin hat einen Arm um mich gelegt, und einer aus der Gruppe fotografiert. Als der Blitz hell wird, erwischt es mich wieder. Ich lasse die Flasche fallen, presse die Hände auf die Ohren und werfe mich hin. Es geschieht im Reflex, ein Flashbang, ein Flashback, gegen den ich nicht ankommen kann, Aladdins verkörpertes Wissen: Als Erstes sieht man immer das Licht.

Als Erstes sieht man immer das Licht, wenn irgendwo ein Sprengsatz hochgeht. Es wird hell, noch bevor man die Erschütterung spürt. Die Detonationswelle ist schneller als der Schall – wenn man den Donner hört, ist es schon zu spät, aber als Erstes sieht man immer das Licht. Meine Freundin wischt sich das Bier von der Jacke. Ist alles okay? fragt sie. Die anderen lachen, sie müssen mich für einen Schauspieler halten, und ich spiele mich selbst, ich spiele mich, wie ich Aladdin spiele – in der Baracke, wo wir stundenlang das Fallen geübt haben. Licht an und Licht aus, wir standen auf und warfen uns wieder hin, wenn der Supervisor auf den Schalter drückte, und Faruk behauptete, dass das Licht einer Kernwaffenexplosion hell genug sei, um einen Menschen von seinem Schatten zu trennen. Er lag am Boden, hielt seinen Schatten begraben, und was von ihm bleiben würde, behauptete er, sei ein heller Fleck im versengten Boden, den sein Körper zurücklassen würde, nachdem der verdampft worden sei. Steht alles im Netz, sagte er, und trotzdem fragte ich mich, woher er das hatte und ob er nicht doch einer dieser Idioten war, die in ihrer Freizeit die Völkerschlacht nachspielten und alles über den Strahlentod nachlasen. Was wusste ich schon über ihn? Bloß, dass er Kunstgeschichte studierte, zumindest behauptete er das, und dann erzählte er von einer Installation, die den Schatten der Besucher an eine Wand werfen sollte, wo er zurückblieb, selbst wenn sie längst weitergegangen waren. Ein Bild für den Strahlentod, der ohne dieses Bild unvorstellbar war, sagte Faruk, und nach der Übung kehrten wir ins Café zurück, wo er wieder seine Bildbände wälzte, um für eine Prüfung zu lernen. Er bereitete sich auf ein Thema vor, das er den *Bilderkrieg* nannte, Bildersturm, Bilderverbot, Bilderwahn. Er übte seinen Prüfungsvortrag, sprach über das Tridentinische Konzil, das die Trennung von Gott und Bildern verfügte, und erzählte mir von der Zerstörung der Buddha-Statuen durch die afghanischen Taliban. Er sprach von den Wurzeln der Französischen Revolution in der Aufklärung, als man Heiligenfiguren die Köpfe abschlug, und über journalistische Echtzeitbilder, die nur noch den Augenblick wiedergaben, ohne jede Distanz zu erlangen. Wie soll ich das in ein paar

Sätzen zusammenfassen. Alles okay, sage ich. Meine Freundin fragt: Wo warst du gerade?

Vielleicht im Schatten, der sich von mir abgelöst hat. Im Dazwischen, nicht mehr dort und nicht hier, ich bin ein Schläfer, der die Snoozetaste drückt, sich im Halbschlaf durch die Straßen bewegt, und nur einmal habe ich kurz das Gefühl, dass ich bis zur Wirklichkeit durchdringen kann. Da stehe ich in der Reinigung. Ich gebe meinen Schlafsack ab, der trotz des tagelangen Lüftens auf dem Balkon noch den muffigen Geruch der Baracke verströmt, und ausgerechnet dort, zwischen den knisternden Bahnen aus Plastik, die über abgetragenen Kleidern hängen, komme ich wieder zu mir. Ein Mann im Blaumann bedient mich. Er ist alt, seine schwieligen Hände sind von Rissen durchzogen, er reißt einen Zettel ab und schreibt das Datum darauf, an dem ich den Schlafsack abholen kann. Vier Tage, sagt er, und ich nicke, mein Versprechen, an ihn und an mich, dass ich bis dahin zurückkehren werde.

FÜNF

Inzwischen ist eine Woche vergangen. Mein Schlafsack liegt wieder im Schrank, meine Freundin schreibt mir Nachrichten, bevor sie zur Arbeit geht, damit ich den Einkauf erledige, frühmorgens weckt mich Aladdins Klopfen, und manchmal schaffe ich es, joggen zu gehen. Ich will wieder in Gang kommen, doch es dauert nicht lange, bis ich völlig außer Atem gerate. Ich bin langsam, schwerfällig und untrainiert, ich schleppe Aladdin mit, jedes Kilo, das er zusätzlich wiegt, selbst mein Körper gehört mir nicht mehr. Er hält ihn besetzt, und wie soll ich jemanden loswerden, der mir in den Gliedern steckt und mit meinem Kopf denkt? Wenn ich mich umschaue, blickt sich auch Aladdin um, also erkläre ich ihm, was er sieht. Er soll sich besser zurechtfinden. Du musst deine Schritte anpassen! verlange ich von ihm, er soll die Knie anheben, damit er nicht ständig ins Stolpern gerät. Ich blicke nach unten, auf die Ränder der Granitplatten, mit denen der Gehweg gepflastert ist. Die Schwellen sind uneben, angehoben und abgesenkt, die Platten an manchen Stellen gesprungen; man kann sie nicht einfach austauschen, erkläre ich Aladdin, weil selbst den Rissen in diesem Land eine Ordnung zukommt, und so erfährt er, was Denkmalschutz ist. Es ist mir wichtig, dass ihm gefällt, was er sieht. Die staubfreien Straßen, das Katzenkopfpflaster, das schwarz in der Sonne glänzt, die Autos, die darüber hinwegrumpeln und uns an der Hauptstraße, wo wir den Zebrastreifen ansteuern, die Vorfahrt geben. Ich bin stolz auf die gelbblauen Fahnen, die vor dem Edeka wehen, auf das Schild über dem Eingang, wo *Herzlich willkommen* steht, und auf die Fahrräder, für die es hier eigene Wege gibt. Ich blicke einer Studentin auf dem Rad hinterher, damit Aladdin sich an den Anblick gewöhnt. Ihr Hintern bewegt sich auf dem Sattel, ich bin stolz darauf, keinen Ständer zu kriegen, und die Tore der Kleingartensiedlung stehen bereits offen, weshalb es immer geradeaus für uns geht. Im Rücken spüre ich das Morgenlicht, das über die niedrigen Dächer der Lauben fällt, und Aladdin, dessen Blick nach Westen gerichtet ist, sieht auf Plattenbaufenstern die Sonne aufgehen. Er schließt die Augen, und ich spüre, wie ich warm mit ihm werde. Der Schotter knirscht unter den Füßen, und am Rande des Weges wächst roter Mohn, der zwischen Apfel- und Birnbäumen steht. Wie zu Hause, denkt Aladdin, der niemals dort war, und er soll sehen, wie gut es hier ist, wie viel besser als an dem Ort, von dem ich ihn mitgebracht habe und den er trotz allem vermisst.

In der Mitte des Weges steht ein Glaskasten mit einem Emailleschild: *Der Verstand informiert* – Aladdin verliest sich, wie auch ich mich anfangs immer verlesen habe. Er ist beeindruckt, wie mein Land zu ihm spricht: Das Land der Dichter und Denker, er muss hier richtig sein, denkt er, er hat sich vorab informiert, und ich lasse ihn in dem Glauben und erkläre ihm nicht, dass dort *Vorstand* steht, was bloß so eine Art Ältestenrat ist.

Wir verlassen den Schotterweg, durch das Tor gelangen wir auf die Straße. Dort stehen die Mülltonnen, blau für Papier, damit aus Werbebriefen Schulhefte werden, und als wir den Stromkasten passieren, stehen die Penner bereits davor wie am Tresen. Sie stützen ihre Ellbogen auf den Kasten, halten sich an ihren Dosen fest, und ich drehe den Kopf weg, denn Aladdin muss nicht alles sehen. Sieh mal! Ich zeige auf den goldenen Turm, der zur russischen Gedächtniskirche gehört. Der Park heißt *Friedenspark*, er heißt tatsächlich so, und dann laufen wir über die Straße, und Aladdin übt dieses Wort: *Friedenspark*, für einen Ort, der aus schnurgeraden Wegen und dicht belaubten Bäumen besteht. Die Kronen der Bäume hängen tief über der Wiese – hast du solche Bäume schon mal gesehen? Ein so sattgrünes Grün? Aber Aladdin antwortet nicht. Er wird plötzlich steif und betrachtet die Messingschilder, die am Rande der Wiese angebracht sind, auf Holzstelen unter den Bäumen. Ein Name steht auf jedem Schild, und Aladdin will nicht weiterlaufen, er glaubt mir nicht, dass die Wiese kein Friedhof ist. Es sind bloß die Namen der Spender, mit deren Geldern diese Bäume gepflanzt worden sind. Kein Witz, sage ich, auch wenn es verrückt klingen muss: ein

Land, in dem für Bäume gespendet wird. Aladdin ringt nach Luft. Er bleibt stehen, sein Blut rauscht in meinen Ohren, ich spüre den Druck im Kopf und in meiner Brust, mit dem er aus mir herausbrechen will. Dann übergibt er sich, direkt auf den Weg. Ich schleppe uns zum nächsten Baum, stütze mich ab und spucke aus. Vielleicht war ich zu schnell für den Anfang. Mein Kopf dröhnt, und nach ein paar Minuten gehen wir zurück. Die Morgensonne scheint uns ins Gesicht, mir ist heiß und übel, und Aladdin will in die Knie gehen, dabei weiß er nicht einmal, wie man betet, und ich dränge ihn weiter und bin lieber still.

Wieder zu Hause gehe ich auf den Balkon. Ich lehne mich über die Brüstung, mir ist immer noch schlecht, und ich frage mich, wie man stolz sein kann auf seine Joggingstrecke, eine Stadt und ein Land, bloß, weil man immer geradeaus laufen kann, ohne an Zäune zu stoßen. Woher kommt das, woher habe ich das mitgebracht? Ausgerechnet aus Aladdins Dorf, wo man alle Rechte abgab, sich einsperren ließ, bei jedem Schritt unter Beobachtung stand und – nur zur Erinnerung – dieses Land nie verlassen hatte? Der Schweiß rinnt mir von der Stirn. Ich ziehe mein T-Shirt aus und wische ihn ab. Das ist auch euer Krieg! hatte der Supervisor in Richtung der Frauen gebrüllt, die ihre Burkas zurückgeklappt hatten. Es ist auch eure Freiheit, um die es hier geht! Und dann verhüllten die Frauen sich wieder, um unter der Burka zu ein und derselben Person zu verschmelzen: eine Afghanin und deren Darstellerin, ein deutsches Frollein, von denen die Soldaten sich sagten, dass sie besonders freizügig seien. Auch beim Frühstück blieben Männer und Frauen getrennt. Der Supervisor brüllte: *Das ist hier kein Heiratsmarkt!* wenn eine der Frauen mit uns sprach, *alle Burkas ins Haus!* kommandierte er, wenn der Konvoi auf dem Weg zu uns war und die Frauen seinem Befehl folgten, um wieder zu Schatten am Fenster zu werden. Von langen Stoffbahnen verhüllt und sogar in der Sprache verborgen: Im Militärjargon wurden sie nur *BMO*s genannt. *Blue Moving Objects.*

Auf der Mauer, die den Hinterhof vom Parkplatz abtrennt, ist Stacheldraht ausgelegt. Ich sehe den Draht zum ersten Mal. Wir wohnen seit vier Jahren hier, und zum ersten Mal sehe ich den Draht und frage mich, wieso ich ihn bisher nicht bemerkt habe. Ich muss meine Freundin fragen: ob ihr bewusst ist, dass wir hinter Stacheldraht leben – oder haben sie ihn gerade erst angebracht? Ich kneife die Augen zusammen, um wenigstens erkennen zu können, ob es wirklich nur Stacheldraht oder doch Natodraht ist, ein Unterschied auf Leben und Tod, scharf wie ein Skalpell und mit feinen Klingen gespickt.

Einmal diktierte Faruk mir im Dorf einen Satz, als er mich einen Brief schreiben sah: Schreib, dass wir uns an einem Ort befinden, an dem das Wort *Stacheldraht* ein Euphemismus ist. Das geht durch die

Kontrolle, behauptete er. Garantiert! Und trotzdem schrieb ich es nicht. Noch im Brief hielt ich mich an die Warnung, dem Draht nicht zu nahe zu kommen, hinter dem sich das Lager auf dem Hügel verschanzte. Natodraht, und wer seine Warnung nicht ernst nahm, sagte der Supervisor, könne gerne am eigenen Leib erfahren, dass ein erwachsener Mann in den Klingen des Drahtes verbluten konnte. Nur mit einem Bolzenschneider könne man seine Reste noch aus den Schlingen befreien, die sich mit jedem Fluchtversuch fester zögen, und als wir die Dornenkronen sahen, die auf den Motorhauben der Humvees angebracht waren, verbreiteten die Taliban im Dorf ein blutiges Gerücht: Der Kommandeur der Truppen habe sich in Kandahar seinerzeit vorgestellt, indem er die Leichen zweier Mudschaheddin auf die Kühlerhaube geworfen habe, um mit ihnen durch die Straßen zu fahren. In jeder Kurve habe der Draht ihre Körper besser fixiert, bis sie sich schließlich kaum mehr bewegten, als hätten sie noch im Tod lernen müssen, wie zwecklos jeder Widerstand war.

Womöglich gehörte auch diese Geschichte zum Spiel. Eine Legende, mit der man uns aufwiegeln wollte und die mir bekannt vorkommt, wie aus einem Film, oder als hätte ich davon gelesen. Manchmal konnten wir kaum unterscheiden, zwischen Kriegs- und Antikriegspropaganda, Mythos und Wirklichkeit, Einbildung und Realitäten, die nur der Wahrheit des Dorfes entsprachen. Faruks

Behauptung zum Beispiel, dass die Firma unsere Post kontrollierte. Eigentlich glaubte ich nicht daran, und trotzdem zensierte ich meine Briefe. Es gab Leerstellen, ich sparte aus, was nicht sein durfte – die Geschichte von den Rehen zum Beispiel, die man erschossen und ohne Geweih am Waldrand gefunden habe. Es hieß, dass die Soldaten dafür verantwortlich waren, weil sie von ihren Auslandseinsätzen gerne *Souvenirs* mit nach Hause brachten.

SECHS

Was mir zu schaffen macht, ist auch der Gedanke, dass ich im Dorf alle Tode verpasst habe: Jeder Mensch, der innerhalb der letzten Wochen gestorben war, musste in meiner Vorstellung ein ewiges Leben führen. Ich sehe die Zeitungen auf Nachrufe durch: Eine Schauspielerin ist gestorben, ein Komiker, zwei Nobelpreisträger für Ökonomie und Molekularbiologie, ein Rennfahrer und der Herausgeber einer Zeitung, dem ich sogar einmal begegnet bin, als ich in seiner Redaktion ein Praktikum machte. Im Dorf bekam ich nichts davon mit, obwohl die Zeitungen voll davon waren, und jetzt stelle ich mir vor, wie ich meine Bewerbung noch an ihn adressiere – Sehr geehrter Herr S. – und aus dem Stapel der Bewerber gleich aussortiert würde.

Im Dorf hatte ich am eigenen Leib erfahren, wie sehr man an Unsterblichkeit leiden kann. Im Geisterdorf, wo lauter Untote *Dorfleben!* spielten, seelen- und willenlose Kreaturen, die taten, was man ihnen befahl, und nur einmal erlaubte uns der Supervisor, um den Verlust unseres Todes zu trauern. Wir spielten Beerdigung und folgten ihm zur Wiese am Dorfrand, auf das Minenfeld, das kurzerhand zum Friedhof erklärt worden war. Der Mann, den wir bestatteten, lag in einem leeren Sarg. Ein Totengeist, und wir weinten um ihn, wie wir es aus den Nachrichten kannten, wenn echte Opfer echte Hinterbliebene hatten. Wir breiteten die Handflächen aus und schlugen sie vor unsere Gesichter, manche Frauen versuchten zu trillern, während Aladdin leise *Freiheit für Faruk!* sang. Ramin stimmte ein, er rief: Tod für Ramin! und Munir forderte: Ein Grab für Munir! Ihr faulen Säcke, lachte der Supervisor, und wir umklammerten die Riemen des Sensorgeschirrs, als müssten wir nur fest daran ziehen, um noch an Ort und Stelle, auf dem Gräberfeld unserer Ahnen, ins Paradies einzugehen. Die Soldaten standen am Rande der Wiese. Sie beobachteten uns und verstanden nicht, was dort geschah, bis der Supervisor unsere Trauer für beendet erklärte. Wir marschierten ab, und die Taliban, die sich am anderen Ende der Wiese aufgebaut hatten, eröffneten das Feuer auf die Soldaten. Wir waren längst aus der Schusslinie, und trotzdem fiel die alte Angst mich wieder an, die bereits im Hinterhalt lauerte, jedes Mal ihren Auftritt bekam und sich kein Stück darum scherte, dass ich unsterblich war.

Auch das Leben meiner Freundin ist weitergegangen. Unser Leben, sagt sie, weil das, was sich zu Hause ereignet hat, während ich im Dorf einen anderen spielte, schließlich uns beide betraf. Das war nicht einfach, sagt sie: eine Entscheidung treffen zu müssen, ohne dich erreichen zu können. Sie schrieb mir davon, in ihren Briefen, die ich im Dorf mit einer Woche Verspätung erhielt. Die Firma sammelte unsere Post, die jeden Samstag ins Dorf gebracht wurde, und alles, was jenseits des Zaunes geschah, fand auf unserer Seite der Grenze mit einer Woche Verzögerung statt.

Sie schrieb von einer Stellenausschreibung. Gesucht wurden Quereinsteiger, Geistes- und Sozialwissenschaftler, und meine Freundin, die Geistes- und Sozialwissenschaftlerin war und ihr Geld mit etwas anderem verdiente, fand diese Stelle wie für sich gemacht. Ich bin dort hängengeblieben, sagte sie, wenn man sie nach ihrer Arbeit fragte, dem Nebenjob als Softwaretesterin, den sie während des Studiums begonnen hatte und der irgendwann ihr Hauptjob geworden war. Wir sprachen von Nebenjob und Hauptjob, Brotjob, Projekten und Aufträgen, Beruf wollten wir dazu nicht sagen, und seit mein Job, den ich gerne Beruf genannt hätte, nicht einmal mehr Aufträge einbrachte, war es ihr Einkommen, das immer wieder uns beide betraf. In der Redaktion, für die ich hauptsächlich arbeitete, unterschied man zwischen *Festen* und *Freien, festen Freien* und *freien Freien*, und ich zählte zu Letzteren, was die denkbar größte Form jener Freiheit war, die mich schließlich ins Dorf geführt hatte.

Was, schrieb meine Freundin in ihren Briefen, wenn sie diese Stelle bekam? Sie war sich fast sicher, dass sie sie einladen würden – wenigstens das. Das Institut lag in einer anderen Stadt. Zu weit entfernt, um pendeln zu können, und ich schrieb ihr zurück: Bewirb dich erst mal. Vielleicht rufen sie gar nicht an. Auf ihren nächsten Brief habe ich fast zwei Wochen gewartet. Ihre Antwort fiel knapp aus: Wieso rätst du mir, mich zu bewerben, wenn sie mich gar nicht einladen sollen? So war das nicht gemeint, schrieb ich zurück, und dann begann wieder das Warten. Es war nicht einfach: einen Streit auszuhalten, der sich über Wochen hinzog, und zwischen zwei Briefen schien es mir jedes Mal, als schwiegen wir uns eine Ewigkeit an.

Seit ich zurück bin, sucht sie meine Nähe. Am Tisch liegt ihre Hand auf meinem Unterarm. Sie zieht sie nicht weg, blättert sich einhändig durch ihren Zeitungsteil und schenkt sich mit der linken Hand Kaffee nach, wobei sie die Hälfte verschüttet. Willst du mal das Foto sehen? fragt sie und springt plötzlich auf. Ich höre, wie sie nebenan in einer Schublade kramt, und auf dem Bild, das sie dann neben den Kaffeefleck legt, kann ich sie fast nicht erkennen. Das liegt an der Panik, behauptet sie und erzählt mir noch einmal, was sie bereits in ihren Briefen geschrieben hat: Wie ihre Kollegin das Foto geschossen hat, nachdem sie eine Flasche Wein ausgetrunken hatten, und wie der Hund der Kollegin sich immer wieder ins Bild gedrängt hat. Er war an ihr hochgesprungen, kein Problem, sagte die Kollegin, den schneide ich raus! Aber mach mal ein entspanntes Gesicht, schimpft meine Freundin, wenn so ein Vieh, groß wie ein Kalb, immer wieder auf dich zugaloppiert! Ich halte das Bild ein wenig von mir weg. Sieht doch super aus, sage ich, sie boxt mir in die Rippen, dann wird sie ernst: Und wenn sie mich haben wollen? Ich sehe sie an, sie spricht nicht weiter. Ich hätte dich sofort gewollt! Sie wird ungeduldig: Kommst du dann mit? Klar, antworte ich, ohne zu zögern. Sie zieht ihre Hand weg, und ich spüre die kalte Stelle am Arm. Du denkst ja nicht mal darüber nach! Ich muss lachen, es klingt bitter. Was glaubt sie eigentlich, womit ich die letzten Wochen verbracht habe?

Es läuft gerade nicht gut, wir wissen es beide. Ich soll endlich anfangen, verlangt sie von mir. Alles aufschreiben und Aladdin loswerden, damit er nicht mehr zwischen uns steht. Nur wir beide, sagt sie, komm wieder zu dir, reiß dich zusammen! Ich versuche es und spüre noch im Schlaf meine Beine zucken. Morgens wache ich auf, und die Bettwäsche ist nass. Sie riecht nach meiner Freundin, nicht nach mir, das ist meine Freundin, sage ich mir, die da neben mir liegt. Sie steht mit mir auf, und später sitzt sie mit mir am Küchentisch. Ihre Hand liegt auf meinem Unterarm. Das ist ihre Hand, sage ich mir, das ist der Tisch, den wir gemeinsam gekauft haben, das ist die Palme, die sie umgetopft hat, als ich im Dorf war, und das ist die Katze, von der sie mir schrieb, dass sie die Blätter der Palme zerbeißt, was sie ihr noch abgewöhnen will. Das ist unser Küchenschrank, und wenn ich die Schubladen öffne, brauche ich ein paar Versuche, bis ich entdeckt habe, was ich darin finden wollte. Ich könnte etwas kochen, schlage ich vor. Ein paar Leute einladen, das findet sie gut, aber dann stehe ich doch bloß wieder im Flur und ziehe die Bücher aus dem Regal, ich blättere darin, als könnte irgendwer die Sätze vertauscht haben und sich doch noch ein Grund darin finden, warum ich nichts wiedererkenne.

Manchmal frage ich mich, in wessen Leben ich zurückgekehrt bin. In diese Wohnung, in der bereits jemand lebt, dessen Leben ich nicht fortführen will. Ich kann mit seinen Sachen nichts anfangen, seinen Platz nicht einfach einnehmen, und morgens stehe ich vor seinem Schrank und will seine Kleider nicht tragen. Sie passen mir nicht, sie sitzen zu eng, es sind zu viel, mehr, als einer allein anziehen kann, und ich frage mich, wozu er mehr als ein Paar Schuhe hat. Ich gehe durch die Zimmer und verstehe die Ordnung nicht, nach der die Dinge darin verteilt sind, ich ziehe die Bücher aus dem Regal, das sind meine Bücher, sage ich mir. Ich habe sie ins Regal einsortiert, und vielleicht ist das alles, was mich noch hier hält: ihr obszönes Gewicht, *my home is my castle*, mein Gefängnis ist, wo meine Bücher stehen.

Aus dem Hinterhof zieht Grillgeruch durchs Fenster. Der neue Nachbar sieht fern, er hat Freunde eingeladen, sie sitzen unter der Wimpelkette in Deutschlandfarben, und auf meiner Terrasse hatte Faruk zum Himmel gesehen, als könnte er dort das

Datum ablesen. Heute geht es los, sagte er, Brasilien gegen Kroatien, und vier Tage später, als Deutschland gegen Portugal antrat, war der Aufstand, den wir probten, nicht mehr gespielt, weil es im Dorf keinen Fernseher gab. Da war Faruk schon wieder zu Hause und konnte sich das Spiel auf der Couch ansehen. Dass die Mannschaft gewonnen hatte, hörten wir nur dem Hupkonzert an, das durch die Nacht über den Zaun wehte, und wir sahen ein paar Raketen am Himmel, die weit entfernt von uns aufstiegen. Als der Busfahrer uns am nächsten Tag das Ergebnis verkaufte, das er zusammengefaltet an eine Flasche Bacardi geklebt hatte, zweifelten wir an diesen Zahlen, vier zu null. Sie schienen uns beinahe so unrealistisch wie der Preis, den der Fahrer für die Flasche verlangte.

Im Dorf hat das Feuerwerk mich nie kalt erwischt. Es verlor seinen Schrecken, ausgerechnet dort, wo der Klang der Artillerie, der Mörser- und Blendgranaten für uns etwas Alltägliches war. Wir waren darauf vorbereitet. Es hatte seinen Platz, und wir wussten, wie wir uns zu verhalten hatten. Zu Hause aber tut sich noch immer ein Abgrund auf, wenn irgendwo Raketen hochjagen. Dann durchlebe ich noch einmal die Nacht, die nun schon fast zehn Jahre zurückliegt, als ich während der Grundausbildung in der Kaserne aufwachte. Es ist noch einmal der Moment, in dem ich vom Donner geweckt werde und im Flashbang der Granaten völlig die Orientierung verliere. Vor meinem Fenster zerreißen Blitze den Himmel. Es regnet Farben und Rauch, und im Licht der Raketen, das gleißend hinabpendelt, wird die Nacht zu einem taghellen Korridor, in dem die Bodentruppen vorrücken können. Ich höre die Befehle, es ist das Ende der Welt, das Dach der Kaserne wird einstürzen, und als das Artilleriefeuer abebbt, weil es endlich Morgen ist, erfahre ich, dass es bloß eine Übung war. Unsere Truppen haben von einem Stützpunkt auf den anderen geschossen, über das Dach der Kaserne hinweg, die im Zentrum des Manöversturms lag.

SIEBEN

Am Donnerstagabend gehen wir zu Freunden auf eine Party. Es sind nicht wirklich unsere Freunde, und es ist nicht wirklich eine Party, es sind Leute, die wir kennen, und einmal im Monat zählen wir zu den Bekannten, die sie in ihre Wohnung einladen, um sie ihrerseits miteinander bekannt zu machen. Sie leben im Osten der Stadt, wo die Mieten noch günstig sind, haben viel Zeit und Aufwand in die Sanierung gesteckt, und immerhin ihre Wohnung ist schön. Müssen wir dorthin? frage ich meine Freundin. Sie nickt, weil sie mal wieder unter Leute gehen muss – wir können ja nicht ewig nur Fußball gucken. Außerdem, sagt sie, haben sie schon nach dir gefragt.

Auch das sei nicht einfach gewesen: erklären zu müssen, wo ich eigentlich war. Den Leuten begreiflich zu machen, was ich dort tat, es zu rechtfertigen, ohne dass es nach einer Rechtfertigung klang. Sie wusste selbst nicht, wie sie dazu stand. Hast du denn keine Haltung dazu? hatte Martina gefragt, und als ich wissen will, was meine Freundin geantwortet hat, stöhnt sie bloß auf: Weißt du was, sagt sie. Klär das mit ihr! Ich betrinke mich heute. Ich bin hier nicht im diplomatischen Dienst!

Auf dem Weg besorgen wir einen Wein. Ich trage die Flasche, und während wir zum vierten Stock hinaufsteigen und dem Pfeil auf dem Pappschild folgen, auf dem in goldener Schrift *zum Salon* gemalt steht, lege ich mir Antworten zurecht. Es sind immer dieselben Fragen, auf die man hier Antworten braucht – was man so macht, woher man gerade zurückgekehrt ist, um welches neue Projekt zu beginnen? –, und wahrscheinlich könnte man einfach immer dasselbe sagen, ohne dass es jemandem auffallen würde. Ich gebe es auf, mir Gedanken zu machen. Es ist bloß Smalltalk, sage ich mir, es gibt keine richtigen Antworten, es geht bloß darum, die richtigen Fragen zu stellen und den anderen zum Erzählen zu bringen. Dann hält er es für ein gutes Gespräch.

Dabei hätte ich zum ersten Mal seit Langem ein Thema: Ich war auf Rechercheireise, könnte ich sagen. Für eine Kriegsreportage. Ach, tatsächlich? Afghanistan oder Irak? Nicht direkt. – Nein, Syrien auch nicht, eher noch Inland, ein Truppenübungsplatz in der Oberpfalz. Ach, wirklich? (Danach eine Pause.) Klingt ja spannend! Wenn ich Glück hätte, wäre das Thema an diesem Punkt bereits abgehakt. Sie würden das Interesse verlieren, dazu übergehen, von sich zu erzählen, ich müsste Aladdin nicht weiter erwähnen. Er soll sich hier raushalten. Er gehört nicht hierher, es ist bloß Smalltalk, man darf nicht zu viel preisgeben – präg dir das ein, Aladdin! Und Aladdin merkt es sich, weil es wichtig ist, die

Regeln zu kennen, solange man sie nicht versteht. Vielleicht unterschätze ich ihn und er ist besser in Smalltalk als ich. Immerhin gehörte ihm im Dorf ein Café, und früher, bevor ich es übernahm und die Humvees den Staub durch die Straße jagten, soll es dort sogar Gäste gegeben haben.

Im Dorf waren wir bessere Menschen. Wir waren die, die wir sein wollten und niemals geworden waren, und auch Aladdin war besser als ich, wenn er sich als Albert Jacobi ausgab. Man erzählte davon, wer man draußen war, womit man sein Geld verdiente, und plötzlich hatte jeder die Wahl: Er konnte sich aussuchen, welches Leben er führte, weil es im Dorf nur als Erzählung stattfand. Aladdin behauptete, ich sei Fotograf. Und jeder glaubte ihm, obwohl man mich nie mit einer Kamera sah, die man mir ohnehin abgenommen hätte, weil es verboten war, Fotos zu schießen. Also schrieb ich bloß mit, was man Aladdin anvertraute, der als besonders verschwiegen galt und auch in meinem Fall niemals verriet, aus welchen Gründen ich ins Dorf gekommen war.

Heute muss er noch einmal den Mund halten. Du gehst in Deckung! befehle ich ihm. Es wird ihm nicht schwerfallen, eine Unterhaltung zu führen, die nur aus Pausen und Floskeln besteht, aus Namen, die er nicht aussprechen darf – *was machst du, woher kommst du, und was hast du vor?* –, denk dir einfach, dich befragt ein Soldat! Es war untersagt, mit den Soldaten zu sprechen, solange sie uns keine Antwort befahlen, und schweigend waren sie uns ohnehin lieber. Dann schenkten sie uns Zigaretten, so werden Freunde gemacht, die Kunst des stummen Gesprächs, das wir in jeder Sprache verstanden, und wer gemeinsam rauchte, schwieg nicht so laut. Wir nahmen ihre Geschenke an, rauchten im Dienste der Völkerverständigung, und jede Zigarette, die Aladdin von ihnen bekam, teilte er wie ein Bruder mit mir.

Hier aber zählen zwei Brüder nicht viel. Es löst Befremden aus, wenn sie sich nahestehen, und als die Gastgeberin uns die Tür öffnet und mich heranzieht und auf beide Wangen küsst, spürt Aladdin ihren Atem am Kinn. Sein Körper versteift sich, er umklammert die Flasche, im Dorf wurden nur Männer auf diese Weise intim: mit einem Bruderkuss, wenn man sich sah oder Arm in Arm über die Straße ging, und niemand hat sich daran gestört. Es wäre undenkbar gewesen, von einer Frau so berührt zu werden, *it's a queer, queer world*, Aladdin, verquere Welt, in die du da zurückgekehrt bist. Sie begrüßt mich mit den Worten: Mein Lieber. Wo warst du so lange? Wir haben dich hier schon vermisst!

Ich zwinge mich, nicht an ihr herabzusehen. Du musst mal erzählen! sagt sie, bevor sie mir die Flasche abnimmt und damit im Gedränge verschwindet. Weiß sie, wo ich war? frage ich meine Freundin, als wir uns durch die Diele schieben. Sie lotst mich ins Wohnzimmer und angelt zwei volle Gläser vom Klavier. Eigentlich schon, sagt sie. Sie wollte wissen, ob wir uns getrennt haben, weil ich beim letzten Mal alleine hier war. Ich habe ihr erzählt, dass du jetzt Paschtune bist, dreifacher Vater und mit einer Fremden zusammen, der du befiehlst, eine Burka zu tragen. – Und? Meine Freundin zuckt die Schultern: Sieht so aus, als hätte sie mir nicht geglaubt.

Vor ein paar Wochen hatte sie es selbst noch für einen Witz gehalten, als ich ihr von der Einladung der Firma erzählte. Das ist nicht dein Ernst, du willst dort nicht wirklich hin? Sie musste lachen, so absurd schien ihre Frage zu klingen, und so irrsinnig fand sie meine Absicht, mich darauf einzulassen, ohne zu wissen, was mich dort erwartete. Deshalb will ich doch fahren, sagte ich: um es herauszufinden; das nennt man Recherche, und wann kriegt man das schon mal bezahlt? Stell dir einfach vor, es wäre eine Art Trainingslager: Für den beruflichen Ernstfall, Kriegs- und Krisenberichterstattung, *embedded journalism* – vielleicht lerne ich ja wirklich noch was. Das ist nicht lustig, sagte sie, und ich antwortete ihr: Ist auch kein Witz, sondern bloß mein Beruf! – Du Idiot, sagte sie, komm mir nicht so! Denn was könne sie darauf noch sagen?

Als wir uns kennenlernten, war es Winter. Unsere WGs waren überfüllt, und wir beide gingen häufig spazieren. Wir schoben uns über das Eis der gefrorenen Ententümpel, und obwohl ich meinen Parka trug und die alten Armeestiefel anhatte, schien sie sich niemals zu fragen, wo ich beides herhaben sollte. Erst später, im Sommer, als wir uns das Feuerwerk nach der Kleinmesse ansahen, erzählte ich ihr von der Nacht in der Kaserne. Erst wollte sie mir nicht glauben: dass sie plötzlich einen Freund haben sollte, der beim Bund gewesen war – allen Ernstes, das konnte nicht sein! Sie würde sich niemals jemanden ausgesucht haben, der keinen Zivildienst geleistet hatte. Ich sagte: Tut mir leid, war aber so. Du warst wirklich beim Bund? Sie wollte es noch immer nicht glauben. Bei der Armee, korrigierte ich sie, weil wir aus unterschiedlichen Gegenden kamen, die eigene Namen für die Streitkräfte hatten. Die Namen aus meinem Teil des Landes waren längst abgeschafft worden, aber sie klangen immer noch nach, und als sie mich fragte, warum ich nicht verweigert hatte, gehörte auch meine Erklärung noch zu einer Zeit, mit der diese Namen verbunden waren. Ich habe nicht gewusst, wie man das macht. Dass das überhaupt ging: verweigern. Etwas nicht zu tun, wozu der Staat einen zwang. Du verarschst mich doch! sagte meine Freundin und rechnete nach: Das muss doch ewig nach der Wende gewesen sein! Ich nickte und sagte, dass es trotzdem so war. Mein Bruder war in der Armee gewesen, mein Vater sowieso, und als ich selbst zur Musterung kam, war mein Vater verschwunden, und meine Mutter, die sich mit diesen Dingen nicht auskannte, viel zu beschäftigt damit, sich an die neuen

Regeln zu halten. Es ist wichtig, nach den Regeln zu leben, solange man den Rest nicht versteht. Und du selbst? fragte meine Freundin. Du warst doch schon volljährig, du musst doch mitgekriegt haben, dass es so was wie Ersatzdienst gab! Vielleicht, sage ich, wobei es keine Frage des Wissens war, sondern eher das Gefühl, keine Wahl zu haben. In dieser Gegend, die heute Stück für Stück zurückgebaut wurde und wo die Orte meiner Kindheit verschwanden. Das Krankenhaus wurde abgerissen, meine Schule gab es nicht mehr, man konnte zusehen, wie die Dörfer sich leerten, und wer nicht mitspielte, daran glaubten wir damals schon, für den ging es noch schneller bergab.

Meine Freundin sagt, dass ihr das zu einfach ist: alles auf meine Herkunft zu schieben. Man hat doch immer die Wahl! sagt sie, und heute Abend muss ich diese Unterhaltung noch einmal führen: Man hat doch immer die Wahl! Diesmal ist es Martina, die diesen Satz sagt. Martina, die Schauspielerin ist und nicht viel verdient und sich nun einmal für dieses Leben entschieden hat, auch wenn es bedeutet, dass sie im Winter bei Amazon packen geht. Zur Begrüßung gibt sie mir nur die Hand, obwohl sie die Einzige ist, mit der wir hier wirklich befreundet sind. Man hat doch immer die Wahl! sagt sie. Und warum ich nicht ins Callcenter gehe, wie jeder andere anständige Mensch, sondern gleich einen Gewaltporno drehe – *ich war jung und brauchte das Geld* –, selbst wenn du nur einen Statisten darstellst?

Mach dir nichts vor! sagt sie. Es gibt keine Statisten in diesem Spiel. Ohne Statisten keine Übung, kein Krieg! So einfach ist das, behauptet Martina. Und selbst wenn es so einfach nicht sein sollte: Man darf nicht zum Teil davon werden!

Das war ich doch nie, behaupte ich und ziehe mich zurück: in die Rolle des Beobachters, die ich im Dorf niemals innehatte, in die Distanz des Reporters, der professionell genug ist, sich nicht im Geschehen zu verlieren. Wenn du's genau wissen willst, sage ich, ging es mir nie um das Geld. Es ging um den Stoff, ich war jung und brauchte den Stoff, ich habe den Stoff ziemlich nötig gehabt, um nicht über das Callcenter schreiben zu müssen, weil wir doch alle schon mal im Callcenter waren und jeder über das Callcenter schreibt, und hinterher heißt es bloß wieder, dass wir alle keine eigenen Themen haben – bloß unseren läppischen Krieg, der im Callcenter spielt und an der Packfront im Amazon-Lager.

Und überhaupt, frage ich: Was sie denn gegen Pornos hat? Lass sie sich doch abreagieren! Was spricht dagegen, dass sie das Gemetzel nur spielen, und wer im Dorf schon die Nerven verliert, kommt erst gar nicht nach Mazar-i-Sharif. Der wird wieder nach Hause geschickt, die Durchdreher, die Frontschweine, jeder, der nicht als *combat ready* gilt, und stell dir vor, es wäre nicht bloß eine Übung gewesen, als die Taliban Carjacking spielten, die Sache außer

Kontrolle geriet und die Soldaten das halbe Dorf plattgemacht haben.

Wie beruhigend! ruft Martina. Und was soll das jetzt heißen? Die Generalprobe geht immer schief? Genau das! sage ich. Man hat immer die Wahl. Und wenn ich es mir aussuchen kann, dann hat man mich sechsmal erschossen, damit sechs Menschen da unten nicht an meiner Stelle sein werden. Dann habe ich ihnen das Leben gerettet, ganz einfach, weil ich es mir aussuchen kann! Ich brülle über die Musik hinweg, meine Stimme kippt – aber Martina scheint mich nicht mehr zu hören. Sie begrüßt den Dramaturgen, der plötzlich neben ihr aufgetaucht ist. Vielleicht steht er schon länger dort. Sie legt die Arme um seine Schultern, und die Eiswürfel klackern in ihrem Glas. Du schreibst 'ne Amazon-Reportage? fragt er in meine Richtung. So ein Enthüllungsding – die alte Wallraff-Nummer: sich als Ali ausgeben und die Welt von ganz unten sehen? So ungefähr, antworte ich. Klingt ja spannend, sagt der Dramaturg. Mit allem Drum und Dran, Kostüm und falscher Identität? Er war als *Aladdin* unterwegs, sagt Martina, hat einen Afghanen gespielt. *Respect*, sagt der Dramaturg und lehnt sich zurück, während er mich betrachtet. Er bietet mir eine Ghettofaust an. Ich drücke dagegen, Martina schnaubt verächtlich. Und wo kann man das lesen? Wird sich noch zeigen, sage ich. Das heißt: Ich schreibe gerade noch dran. Verstehe, sagt der Dramaturg. Schick mir das mal, wenn es fertig ist!

Würde mich interessieren. Vielleicht kann man das ja auf die Bühne bringen. Mit Arbeitslosen in den eigenen Rollen, *Masse Mensch*, du verstehst schon. Ich nicke. Klingt gut, sage ich und halte Ausschau nach meiner Freundin, die eigentlich nur zur Toilette wollte. Ich hebe mein Glas, wollt ihr auch noch was trinken? Aber Martina schüttelt den Kopf, der Dramaturg beugt sich zu ihr, er legt eine Hand auf ihren Rücken und flüstert ihr etwas ins Ohr, und so lasse ich die beiden zurück.

Meine Freundin steht im Nachbarzimmer vor einer der hohen Wände und liest. Die Räume sind spärlich möbliert. Auf dem blanken Putz sind die Tapeten entfernt worden und die Reste alter Zeitungen freigelegt. Guck mal, sagt sie und zeigt auf ein Datum, das gut zu erkennen ist: 22. Februar 1921. Beginn der Orientkonferenz. Sie versucht, den Bericht zu entziffern, es fällt ihr nicht leicht, die Frakturschrift zu lesen: Es wird allgemein zugegeben, daß es eine wirkliche, das heißt allerseits einigermaßen befriedigende Lösung der Orientfrage nicht gibt. England erblickt in Griechenland nach wie vor die bequeme Stütze für seine kleinasiatische Politik, insbesondere für die Sicherung seiner Vormachtstellung in den Dardanellen. Frankreich wünscht seine Position in Syrien zu festigen, wird aber möglichst entgegenkommen. Aber damit ist weder die Smyrnafrage gelöst, noch die Dardanellenangelegenheit in eine feste Form gebracht. Angesichts dieser Schwierigkeiten ist zu befürchten, daß die deutsche Delegation am 28. Februar bereits einen Zustand der Erregung und der Überreiztheit vorfinden wird. Erfahrungsgemäß halten die sogenannten ›Konferenznerven‹ nicht sehr viel länger aus als acht Tage!

Es gibt noch mehr solcher Ausschnitte: In der Hauptstadt Berlin wird der Mangel an Badeanstalten beklagt, die herrschende Kohlennot bringe die Volkshygiene in Gefahr, solange sich weiterhin von sechs Badeanstalten nur zwei in Betrieb befänden, und andere Meldungen scheinen noch älter zu sein. Ich laufe an den Wänden entlang und lese mich zurück durch die Zeit, auf der Suche nach Bildern, die heute einhundert Jahre alt sind und in den Zeitungen wieder abgedruckt werden. Es sind die Aufnahmen der Züge, die auf die Schlachtfelder fuhren, und irgendwann bilde ich mir ein, sie zu sehen, wie sie hinter den anderen Artikeln verschwinden, das Blumenmuster der Tapete nachbilden, Bordüren, mit denen Mädchen die Waggons geschmückt haben. In den offenen Fenstern stehen Soldaten, die meisten viel jünger als ich, mit leeren Gesichtern, die vom Tapetenkleister ausgebrannt sind. Ich erkenne sie trotzdem: die Erregung, die sich darin spiegelt, weil im nächsten Moment etwas beginnt, das alles andere auslöschen wird, und nur die Bilder sind klüger als wir. Es gibt keinen nächsten Moment. Nur diesen einen, und die Züge stehen seit hundert Jahren still.

Für uns ging es am Busbahnhof los. Ich habe noch das Bild meiner Freundin im Kopf, wie sie nach dem Abschied dort stehen blieb, ein immer kleiner werdender Punkt, der schließlich hinter einer Kurve verschwand. Ich lehnte den Kopf an die Scheibe, die sich eiskalt anfühlte in der Luft der Klimaanlage. Immer wieder hielten wir an, in anderen Städten, bis fast alle Plätze besetzt waren, und mein Sitznachbar hörte Musik. Wir sprachen nicht miteinander, und dass er Denny hieß, erfuhr ich erst später – von Samir, wie er sich jetzt nannte, als er mich im Café besuchte und sich am Wasserkocher die Hand verbrannte. Am Tag darauf verließ er das Dorf. Er ging nicht als Abbrecher, er ging als Kriegsversehrter und Veteran, ohne rückwirkende Kürzung des Tagessatzes.

Ich weiß nicht, was Denny ins Dorf geführt hatte, wie es zu seiner Anwerbung gekommen war. Bei mir lag es schon eine Weile zurück. Ich stand kurz vor meinem Studienabschluss, war mitten in der Prüfungsphase und aß jeden Tag in der Mensa, um etwas Zeit zu sparen. Das Bafög-Amt hatte gerade geschrieben – eine Auflistung, wie hoch meine Schulden waren, und trotzdem muss es reiner Zufall gewesen sein, dass ich ausgerechnet an diesem Tag einen der unzähligen Flyer entgegennahm, die jeden Tag vor der Mensa verteilt wurden und die ich sonst ungelesen in den nächsten Papierkorb warf. Diesen Flyer aber sah ich mir an. Keine Ahnung, wieso. Ich weiß nur, dass er mich neugierig machte.

Sie suchten Aushilfskräfte, für einen gut bezahlten Job, der in Deutschland lag. Es klang seltsam, wo denn sonst, dachte ich – schließlich würde uns niemand nach Polen einladen, damit wir dort Spargel stachen! *Sie sprechen Dari oder Paschtu und haben Interesse an einem Job als Statist? Dann kommen Sie zu unserem Casting und informieren sich!* Ich sprach weder Dari noch Paschtu, ich kannte diese Sprachen nicht einmal und konnte mir auch keinen Job vorstellen, irgendwo in Deutschland, der gut bezahlt sein sollte und für den diese Sprachen von Vorteil waren. Statist und Casting – es klang nach Filmgeschäft, irgendwie halbseiden, aber der Zusatz im Kleingedruckten beruhigte mich: *sozialversicherungspflichtiges Beschäftigungsverhältnis*, und was konnte ehrlicher sein, als eine Arbeit, für die man sogar Steuern bezahlte?

Der Infoabend fand in der Moritzbastei statt, einer alten Wehranlage, die später ein Studentenclub und heute ein Kulturzentrum war, und was hier stattfand, konnte so schlimm nicht sein. Etwas Fragwürdigeres als ein schlechtes Konzert hatte ich dort noch nie erlebt, und im Tausch gegen den Flyer holte ich mir mein Freigetränk ab und suchte mir einen Platz zwischen den anderen, die ebenfalls wie Studenten aussahen. Der Saal war gut gefüllt. Ich trank mein Bier in kleinen Schlucken und hörte dem ersten der beiden *Recruiter* zu, der aus seinem Leben erzählte. Er sei ein Abenteurer gewesen, berichtete er, erst Soldat bei der Fremdenlegion, bevor er als Personalbetreuer bei der Firma anheuerte und dort eine sinnvolle Aufgabe fand. *Wirken Sie mit an unserer Friedensmission,* warb er um uns, und ich fand, dass sein Tonfall nach Homeshopping klang. *Leisten Sie Ihren Beitrag in unserem Programm zur interkulturellen Sensibilisierung* – als versuchte er, ein Nasenspray loszuwerden, *Enduring Freedom,* ganz sanft und verträglich, was schon der Name der Mission unterstrich, die nicht *Infinite Justice* genannt worden war, wie man es ursprünglich vorgesehen, dann aber wieder verworfen hatte, aus Gründen der Sensibilität, weil *Infinite Justice* – je nach Perspektive – allein von Allah ausgehen könne. Und genau darum ginge es: einen Perspektivwechsel! Einmal aus sich heraustreten und das eigene Leben hinter sich lassen. Das sei es, was er uns anbieten könne, dieses Jahr und vielleicht noch im nächsten, denn, wie wir sicherlich wüssten, sei der ISAF-Einsatz befristet, und nicht mehr viele bekämen diese Gelegenheit, eine einzigartige Erfahrung zu machen.

Das war das Stichwort für seinen Kollegen. Er stellte sich vor, als zuständig für die Supervision. Er sei selbst noch Student gewesen, als er zum ersten Mal für die Firma gearbeitet habe: ebenfalls als Statist, dreimal insgesamt, und danach sei er aufgestiegen und habe bei der Firma Karriere gemacht. Ich will euch nichts vormachen, sagte er: Es wird eine Grenzerfahrung, die jeden auf sich selbst zurückwirft. Ihr werdet eure Ängste spüren und gezwungen sein, euch kennenzulernen. Das müsst ihr aushalten können: ohne Smartphones, ohne Notebooks und Netzzugang, ihr werdet ein anderes Leben führen, es wird sich echter anfühlen, mittendrin und unmittelbar! Alles wird so realistisch wie möglich sein. Und wenn ihr zurückkommt, werdet ihr euch verändert haben. Denn nichts kann euch dann noch gefährlich werden, wenn ihr das erst hinter euch habt.

Er selbst habe dort seine Masterarbeit fertig geschrieben. Er habe das Dorf als freier Mann und ohne Studienschulden verlassen. Das Geld sei das eine. Das andere aber sei die Zeit. Ihr gewinnt sechs Wochen, sagte er, in denen euch niemand erreichen kann und ihr frei von Entscheidungen seid. Sechs Wochen mal raus, die Uhr anhalten, aber ich warne euch: Nicht jeder ist dafür gemacht. Das muss man wollen und sich zutrauen können! Aber wem es gelingt, der kommt als ein anderer zurück. Dazu ging er durch die Reihen und verteilte ein Infoblatt, den Bewerbungsbogen, den wir ausfüllen sollten, wenn wir Interesse hatten, und einen Zettel, den wir gleich brauchen würden, weil er für uns eine Aufgabe hatte. Stellt euch vor, sagte er, ihr dürftet drei Dinge auf die berühmte einsame Insel mitnehmen! Er machte eine Pause. Ich gebe euch eine Minute. Schreibt alles auf! Mir fielen auf Anhieb sieben Buchtitel ein: *Auf der Suche nach der verlorenen Zeit.* Das war alles, was ich auf meinen Zettel schrieb, und als ich schließlich zu denen gehörte, die vorlesen sollten, lachte der Supervisor. Da hast du ja einiges vor! Er überschlug: etwas mehr als ein Band pro Woche. Könntest du schaffen, die meiste Zeit sitzt man bloß rum. Ich war beeindruckt. Er kannte Proust, er war einer von uns! Zumindest wusste er, wie man mit uns sprechen musste. Und mich hat er damit bekommen.

ACHT

Ein Satz aus der Zeitung geht mir nicht aus dem Kopf: *Wenn du es benennst, gehört es dir, und sie möchten nicht, dass es ihnen gehört.* Eine Quelle aus dem Pentagon spricht über den Angriff auf Syrien, einen Luftwaffeneinsatz, der bis heute keinen Namen erhalten hat. *Enduring Concealment*: Wenn du es nicht benennst, gehört es dir nicht – und vielleicht geht es mir ähnlich mit Aladdin. Ich sitze am Schreibtisch und habe bisher keine Zeile geschrieben, und solange ich nicht darüber schreibe, mache ich mich nicht gemein. Wie kommst du voran? fragt meine Freundin. Ganz gut, behaupte ich, obwohl es nicht einmal einen Anfang gibt.

Das ist der Job, schreibt eine Ukraine-Korrespondentin: *Nah dran sein, und dann wieder zurücktreten. Jeden Tag, mit jedem Artikel neuen Abstand gewinnen. Dabei sein, aber nicht dazugehören.* Jeden Tag aufs Neue versuche ich das: auf Abstand gehen, aber Aladdin kommt einfach mit. Ab heute wird zurückgetreten! Aber dann tritt er mit mir zurück, er weicht mir nicht von der Seite, er sitzt mit mir am Schreibtisch, während ich mein Passwort eingebe. Ich öffne ein Dokument, doch noch bevor ich zu schreiben beginne, warnt er mich vor dem

Versuch – er kann nur misslingen, und jedes Wort muss uns für schuldig erklären. Du hast unterschrieben! erinnert er mich, wir beide sind zum Schweigen verpflichtet, und im Dorf sagten wir uns: Schau lieber nicht zu genau hin! Nimm lieber nicht zu viel mit! Und vor allem: Behalt es für dich! Die Gedanken sind frei, solange es dafür keine Zeichen gibt, und was du schreibst, führt bloß zu dir zurück! Ich öffne den Browser, und dann weiß ich nicht mehr, was ich noch googeln kann. Jede Suchanfrage ist mit mir verlinkt, und was weiß ich, ob wir nicht bald in einem Lager verschwinden, diesmal in Orange kostümiert, als hätten wir nur dafür trainiert. Ich klebe die Webcam an meinem Bildschirm ab, aber die Blicke werde ich nicht mehr los. Sie umkreisen mich wie Wespen, *Machay*, schwirren um meinen Kopf, aber außer mir ist niemand da. Da ist bloß Aladdin. Da ist niemand. Niemand sonst beobachtet mich.

Als Erstes suche ich nach der Firma. Ich finde sie schnell, sie haben eine Facebookseite, auf der man nachlesen kann, dass sie nach Übersee expandiert haben: Nun bilden sie auch im Ausland aus, und Aladdin ist *employee, he is joining the team* im Exil und bietet seine Dienste auf Englisch an. Er soll *flexible* sein, *open-minded, in a good physical condition* – und *taking pride in supporting the troops*, die die Firma zu ihren *customers* zählt. Er wird in *close cooperation* mit ihnen stehen, um *best training results* zu erzielen, und je wirklicher Aladdin wirkt und umso *closer the training depicts reality, the better the learning experience gets.*

Sie werben um Veteranen, die ihre Erfahrungen aus echten Einsätzen einfließen lassen. Wer sich beruflich verändern will, kann bei der Firma Karriere machen, eine *supervisory and management position* anstreben, und gerne nimmt man auch *legal aliens* an, die von *various cultural backgrounds* geprägt und einer der Sprachen mächtig sind, die man in *current and future conflict zones* spricht: *Arabic, Dari, Pashto, Urdu, Farsi, Korean, Chinese, French, Russian, Serbian, Albanian, plus several other African and Asian languages or dialects*, denn irgendwo ist immer Krieg, und anderswo könnte es noch werden: *We anticipate and prepare for the future. When times are changing, we are already prepared* – Aladdins Zukunft scheint sicher zu sein.

Auf Youtube finde ich einen Fernsehbeitrag, der auf *Fox News* ausgestrahlt wurde. Es wird über den *War on Terror* berichtet, der sich diesmal in Fort Hood, Texas, abspielt. Die Firma hat eine *fake Iraki town* nachgebaut, und der Nachrichtensprecher beschreibt die Szenerie: *An Arabic prayer's giving an authentic feel, while the civilians pretend to be snipers or play a riot, they yell insults like: Go home, infidels!* Colonel S. erscheint im Bild und erklärt, dass die Zivilbevölkerung für jeden Einsatz ein unberechenbares Risiko darstellt: *Ultimately, in the conflict, the reaction of the civilians is critical to the ope-*

ration. Eine Darstellerin wird interviewt. Sie spielt eine Mutter, die ihr Kind retten will, und unter dem Schleier sind sie ein und dieselbe Person: Die Irakerin, die ihr Kind retten will, und ihre Darstellerin, deren Tochter Soldatin ist, auf einem Flugzeugträger der Navy im Persischen Golf stationiert. Sie sei hier, sagt die Frau, um ihren Beitrag zu leisten, dass ihre Tochter heil zurückkehren wird.

Ich sehe nach, wer den Beitrag hochgeladen hat: *Saudigirl 2009*. Auf dem Profilbild ist sie verschleiert, *assalamu Alaikom Warahmatu Allahi Wa Barakatuhu,* schreibt sie, *peace be upon you and Allah's mercy and blessings*. Ihr Englisch ist fehlerhaft, wenn sie weiter schreibt, dass sie *part of this training* war: *I enjoyed the training, when I returned back to the states I placed the vide on you tube so anyone who worked can appreciate the work we did for the Military*. Ein anderer Nutzer, der sich *David* nennt, hat *Awesome! I miss it!* daruntergeschrieben, und fünf Jahre später kann man über Fort Hood in den Zeitungen lesen: *Am 2. April dieses Jahres lief der Irak-Veteran Ivan Lopez im texanischen Fort Hood Amok, er litt an Depression und Schlaflosigkeit und tötete drei Menschen, bevor er sich das Leben nahm.*

Mein Fort Hood liegt in *Bavaria*. Auch dieser Ort beginnt mit H, und bei Wikipedia finde ich einen Hinweis darauf, dass die Baracken auf dem Übungsgelände früher ein Lager für *displaced persons* waren. Nach dem letzten Krieg in dieser Gegend wurden Gefangene und Zwangsarbeiter, die die Besatzer aus den Lagern befreit hatten, ausgerechnet in H. einquartiert. Ausgerechnet dort soll für sie die Freiheit begonnen haben, es muss ein anderer Ort als heute gewesen sein, und ich versuche, mir vorzustellen, wie sie dort darauf hofften, in ihr altes Leben zurückkehren zu können, und die Tage bis zur Repatriierung abwarteten.

Bei Youtube taucht ein Video auf, das den Namen des Ortes *Hohenfels* trägt. Es zeigt einen Jungen, der höchstens siebzehn Jahre alt ist. Es ist ein Videotagebuch, das er in seinem Zimmer aufnimmt, vor einer holzvertäfelten Wand mit Star-Spangled-Banner. Er erzählt, dass er in H. stationiert werden soll. *Looking forward to this*, sagt er, und dass es ihm wichtig sei, die Sprache zu lernen – *as a thing of common courtesy respect.* Wenn er in H. sei, wolle er einen Freund treffen, Alex, falls er Zeit dazu finde: *I don't really know the details yet, exactly – how much free time we'll have or what we are doing but I'm sure they'll let us go out sometimes.* Zum Abschied sagt er ein Wort, das wie *juice* klingt, es muss *tschüss* bedeuten, weil der Film jetzt zu Ende ist und eine Deutschlandflagge im Bild erscheint, darüber der Schriftzug *Deutschland or Bust*! Es sieht martialisch aus, und ich muss erst nachschlagen, dass *Pike's Peak or Bust* an den Planwagen der ersten Siedler stand, als auch sie ins Unbekannte aufbrachen.

Das Video ist von 2008. *Wie war es?* fragt ein User in den Kommentaren, aber Chris hat keine Antwort geschrieben. Sein Freund Alex hat sich gemeldet: Er lebe 540 Kilometer von H. entfernt, was in seinem Land eine längere Strecke sei, doch er wolle sehen, was sich einrichten lasse. Ein anderer glaubt, dass es nicht nötig sein würde, die Sprache zu lernen: *When you are on base it feels like you are in America,* und der jüngste Kommentar empfiehlt Chris, doch lieber zu Hause zu bleiben, von wegen *common courtesy respect*: *Go back to america, sucker! People like you are not welcome here, faggot!*

Chris' Video ist mit einem weiteren Film verlinkt, den das *Soldiers-Media-Center* gepostet hat. Der Clip ist mit *The Box* überschrieben, ein Titel, den ich nicht zuordnen kann, doch der Algorithmus ist schlauer als ich. Ich schaue mir das Video an und höre zum ersten Mal, dass die Soldaten unser Trainingsgelände *The Box* genannt haben. *The Box*, aus der es sogar Aufnahmen gibt, vom *Soldiers-Media-Center* autorisiert: Sie zeigen Aladdin im Sensorgeschirr, er trägt einen Kaftan und sieht mir nicht ähnlich. Aber trotzdem erkenne ich ihn: wie er flieht und in Panik gerät, plötzlich zu rennen beginnt, als Schüsse fallen. Seine Angst, die ich immer wieder abspielen kann. Ich erinnere mich an Faruks Gefühl, dass wir immerzu beobachtet würden, selbst wenn man uns vom Hügel nicht sah. Damals hielt ich es noch für paranoid, und nun erfahre ich, dass aus jeder Ecke des Dorfes zehn Kameraaugen auf uns gerichtet waren. *If you find yourself surprised by the amount of technology being used, listen to this: Up to forty cameras in that location are tracking the vehicles. We can record anything they do!* sagt eine Stimme aus dem Off, *listen to this*, und ich spule zurück, um mir Aladdins Unsterblichkeit anzusehen. Sein Tod ist auf dem Server begraben, in alle Ewigkeit kann man ihn umfallen sehen, bevor er wieder auferstehen muss, *watchful eyes and ears of dozens of cameras and microphones resemble a massive multimedia collection of everything the unit does or doesn't do inside the box.* Ich klappe den Rechner zu und ziehe den Stecker. Was soll das bringen? Es gibt kein Entkommen, die Box ist geschlossen. Ich kann die Blicke nicht abschütteln, und *everything I do or don't do* ist ein Hase-und-Igel-Spiel, denn sie sind immer schneller als ich, sie wissen immer schon, was ich als Nächstes tun werde. Ich muss hier raus, irgendwohin, wo niemand mitlesen kann. Ein Ort, der auf Utopia liegt, eine Insel, auf der sie mich nicht finden, und alles, was ich mitnehmen will, sind sieben Bücher und eine falsche Identität. Ich greife mir mein Notizbuch, räume die Materialschublade aus, stopfe alles in eine Tasche und renne nach draußen. Auf halber Treppe mache ich noch einmal kehrt und verriegle die Tür.

Auf der Parkbank hole ich die Briefe heraus. Ich versuche, sie umzuschreiben. *Jeden Morgen öffnet er die Tür des Cafés. Sie ist nicht abgeschlossen, es gibt keine Schlösser an den Türen der Häuser, die wie leere Kartons entlang der Dorfstraße stehen. Er beginnt damit, den Staub von den Tischen zu wischen. Es kommen keine Gäste, aber es hilft ihm, in Bewegung zu blei-*

ben, und später sieht man ihn die Terrasse fegen. Sein Dorf muss belebt aussehen, so lautet die erste Regel des Spiels, in dem er einen Paschtunen darstellt und sich Aladdin nennt. –

Weiter komme ich nicht. Ich hatte erwartet, die Briefe eines Fremden zu lesen, doch selbst in der dritten Person bin das noch ich. Ich bin die erste Person, nach der sie suchen werden, es ist mein Name, der in den Akten steht – langsam werde ich wirklich paranoid. Ich sehe nach oben und halte Ausschau nach einem blinkenden Licht, einer Kamera, die meine Notizen filmt. Ich klappe das Buch zu und lehne mich zurück, zünde mir eine Zigarette an und starre auf die ockerfarbene Häuserfront. Die Fensterrahmen sind ausgetauscht worden, zum Hinterhof sind neue Balkons angebracht, die Sonne spiegelt sich in den Türen, und als Erstes sieht man immer das Licht. Erst dann fliegt einem das Glas um die Ohren. Eine Wolke aus Kalk und Kristall, die messerscharf und weiß auf dich niedergeht, und nicht umsonst hatten wir im Dorf keine Fensterscheiben. Die Taliban hielten die Läden geschlossen, sie zogen sich zurück, und wir sahen nicht zu genau hin. Das galt seit der Ankunft, als wir an einem Checkpoint hielten und die *Security* unsere Sachen durchwühlte. Ich musste meinen Ausweis vorlegen, sie kopierten mein Führungszeugnis, meine Papiere, und auf dem Bewerbungsbogen hatte ich unterschrieben, *dass meine persönlichen Daten intern gespeichert und zur Überprüfung an die Sicherheitsbehörden weitergegeben werden.* Alle Daten sollten vertraulich behandelt werden. Falsche Angaben führten *zum Ausschluss aus dem Bewerbungsverfahren und dem Verlust der Rechtsgültigkeit*, und mit meiner Unterschrift akzeptierte ich die Rechtsgültigkeit eines Verfahrens, mit dem ich alle Rechte abtrat. Sie scannten meine Fingerabdrücke, meine Iris wurde fotografiert, und spätestens in diesem Moment war mir klar, dass ich nie wieder ganz rauskommen würde. All das hier war verschwunden, sofort. Die Häuser um den Platz stürzten ein, die Scheiben zersplitterten, und seither hat man sie nicht wieder aufgebaut. Sie liegen in Trümmern, ich kann es sehen, das Bild ist mir auf die Netzhaut geschrieben, in die Iris gebrannt, deren Muster jetzt ihnen gehört, und langsam glaube ich, verstehen zu können, wieso sich jemand die Fingerkuppen verbrennt und sich zum Niemand macht, bevor er alle Rechte abtritt. Ich zucke noch immer zusammen, wenn mich jemand von der Seite anspricht.

Du! sagt er, und erst jetzt bemerke ich, dass jemand neben mir sitzt. Du! Aber da ist niemand, da ist bloß Aladdin, und er zeigt mit dem Hals seiner Flasche auf mich. Er trinkt, obwohl es nicht einmal Mittag ist – kontrollierst du mich? Bist du mir weisungsbefugt? Du? Diesmal klingt er etwas unsicher, als hätte er mich noch nie im Spiegel gesehen. Du. Bereits diese Silbe klingt fremd, sie gehört nicht hierher, wie zum Beweis, dass er nicht neben mir sitzen sollte. Er klemmt sich die Flasche zwischen die Beine, und seine Hose ist abgewetzt, fadenscheinig, und starrt vor Dreck. Auf seinem Schoß liegt ein Buch. Die Seiten sind gelb und zerfleddert, fleckig wie sein staubiges Hemd. Er riecht etwas streng, und ich rutsche ein Stück von ihm weg. Aladdin rutscht hinterher. Du! ruft er und ballt seine Finger zur Faust. Er lässt den Daumen darüberspringen, als wollte er sie entsichern, und endlich begreife ich, was er von mir will: Moment, sage ich und suche in meiner Tasche. Es dauert eine Weile, bis ich das Feuerzeug zwischen den Briefen gefunden habe, doch als ich ihm die Flamme vor den Mund halten will, steckt keine Zigarette darin. Du? fragt er noch einmal und hält zwei Finger vor die Lippen. Also teile ich wieder mit ihm, und dann rauchen wir schweigend, wie wir es gewohnt sind, und es kommt mir so vor, als würden wir uns schon lange kennen.

NEUN

Als er gegangen ist, rufe ich ihm noch hinterher: Du hast dein Buch vergessen! Aber er scheint mich nicht mehr zu hören. *Der Gang durch das Ried,* lese ich, und auch seine Flasche steht noch auf der Bank. Ich wundere mich, wie schnell er gelernt hat, nach unseren Regeln zu leben, an einen Pfandsammler zu denken, der diese Flasche vielleicht nötiger hat – auch eine Form, seine Ehre zu wahren. Ich stecke das Buch ein und lasse die Flasche zurück, umrunde den Block und gehe zum Supermarkt, vor dem die vier blau-gelben Fahnen wehen. Ich kaufe dunkles Brot und helles Hefeweizen. Seit ich wieder in Deutschland bin, ernähre ich mich von Klischees.

Erst an der Kasse bemerke ich, dass ich kein Bargeld habe. Mein Portemonnaie ist leer, alle Münzen sind weg, sogar die Eincentstücke fehlen, und als ich mit Karte bezahlen will, fällt mir die PIN nicht mehr ein, die sechs Wochen lang wertlos gewesen ist. Ich suche nach meinem Telefon, in dem ich die Nummer gespeichert habe, aber auch mein Telefon fehlt. Nachdem ich den Inhalt der Tasche aufs Band gekippt habe und mein Schreibzeug, die Briefe, Zigaretten, Kaugummis und mein Feuerzeug an mir vorbeigerollt sind, muss ich die Einkäufe an der Kasse zurücklassen. Ich hole sie später ab, sage ich zur Verkäuferin, und wäre ich Aladdin, müsste ich mich was schämen: ohne Geld in einen Laden zu gehen. Wir sind hier nicht auf dem Bazar, guter Mann!

Wieder zu Hause suche ich überall. Ich durchwühle den Schrank. Sogar in den Taschen des Parkas sehe ich nach, obwohl ich ihn seit dem Winter nicht angehabt habe. Es dauert eine Weile, bis ich darauf komme, meine Nummer zu wählen. Ich höre das Freizeichen, laufe durch alle Zimmer, aber nirgendwo wird der Klingelton laut. Ich warte auf die Mailbox, darauf, meine Stimme zu hören, die mir verspricht, dass ich zurückrufen werde – aber dann hebt jemand anderes ab. Er sagt nichts, und ich kann seinen Atem hören. Mir schlägt das Herz bis zum Hals. Du? frage ich diesmal, und dann etwas sicherer: Du! Denn ich weiß, wer er ist. Da hat er schon aufgelegt. Ich versuche es wieder, aber ich erreiche ihn nicht mehr, und die Leitung ist für Stunden besetzt.

Am Abend fragt meine Freundin, mit wem ich so viel zu besprechen hatte. Hast du dich nach Aufträgen umgehört? Sie hat versucht, mich anzurufen, den ganzen Nachmittag lang, und als ich sie frage, warum sie es nicht auf dem Festnetz probiert, sagt sie: Weich mir nicht aus! Ich erreiche dich nicht mehr! Und ich ahne, dass es nicht um mein Telefon geht. Ich erzähle ihr, dass ich mein Handy verloren habe. Auf dem Weg zum Supermarkt, vielleicht auf der Bank, wo ich mir Notizen gemacht habe. Irgendein Flaschensammler muss es eingesteckt haben. Hast du es sperren lassen? Gerade gemacht! Dabei ist es das Letzte, was ich vorhabe: Die einzige Verbindung zu kappen, die ich noch zu Aladdin habe. Es klingt absurd, aber seit er weg ist, fehlt mir etwas. Er hat etwas mitgenommen, das ihm nicht gehört, und in den nächsten Tagen versuche ich es wieder. Ich wähle meine Nummer, und er drückt mich weg, oder es ist wieder besetzt. Dann stelle ich mir vor, mit wem er telefoniert. Irgendwer, der in meinem Adressbuch steht und eigentlich mit mir sprechen will.

Als Erstes ruft Martina an, die ihn um Entschuldigung bittet. Ob wir noch mal reden wollen – ganz in Ruhe, vielleicht bei einem Bier? Ihr Dramaturg lässt mir Grüße ausrichten – sie hat ihm meine Nummer gegeben, und später ist er es, der anruft und nicht weiß, dass er mit Aladdin spricht. Ob er die Amazon-Reportage schon fertig hat? Kannst du dir vorstellen, deine eigene Rolle zu spielen? Diesen Afghanen, diesen Aladdin-Typen? Aladdin antwortet auf Paschtu – klingt super, findet der Dramaturg und verspricht ihm sogar ein Honorar. Der Nächste ist mein Redakteur. Er lädt Aladdin zum Essen ein: Im *El Gaucho* soll er sich das Spiel ansehen – Deutschland gegen Argentinien – und für den Onlineticker kommentieren. Alle anderen fallen aus, du weißt schon, sagt er: Ukraine, Syrien, Gaza-Konflikt, die Isis-Schergen spielen verrückt, Seuchen-Alarm in Westafrika – und Aladdin hat davon gehört, er weiß schon, er kennt das, also abgemacht, ruft mein Redakteur, und als er aufgelegt hat, ruft noch jemand an. Eine Nummer aus Frankfurt: Sie wollen ihn anstellen, sagt der Mann von der Zeitung, ganz ohne Auswahlverfahren! Sie seien den Absagenstapel vom vergangenen Jahr noch einmal durchgegangen, damals hätten sie einen Fehler gemacht, und jetzt wollten sie unbedingt ihn haben – und keinen anderen! Aladdin schweigt. Ob er noch Zeit brauche, es sich zu überlegen? Oder sei er ihr Mann?

Die Rechnung bekomme ich zwei Wochen später: Dreihundertzweiundvierzig Minuten hat Aladdin telefoniert, am häufigsten mit einer Nummer, die mit +937 beginnt. Der Wechselkurs beträgt eins zu eins: Für jede Minute soll ich einen Euro bezahlen, ich sehe die Summe, und im ersten Moment will ich ihn anzeigen. Anzeige gegen *Unbekannt*, einen Mann, der sich *Aladdin* nennt und vermutlich unter falschem Namen hier lebt. Sie sollen unter der Nummer anrufen, die mit +937 beginnt, herausfinden, mit wem er gesprochen hat, nachfragen, um wen es sich handelt, wer er ist und wo ich ihn finden kann. Aber dann gehe ich nirgendwo hin, ich zeige niemanden an, und wie sollte ich den Beamten erklären, warum ich die Nummer nicht schon längst habe sperren lassen. Oder wie ich zwei

Wochen lang nicht bemerkt haben will, dass mein Telefon geklaut worden ist.

Ein letztes Mal versuche ich es noch. Meine Mailbox springt an: Ich rufe zurück! sagt meine Stimme vom Band, dann kommt der Ton, und ich spreche ins Leere: Aladdin, du schuldest mir was! Du kannst das Telefon behalten, ich bezahle die Rechnung, ich habe keine Polizei eingeschaltet! Komm schon! sage ich. Ruf mich zurück, oder komm noch mal zur Bank! Ich habe bloß ein paar Fragen an dich! – Aber Aladdin antwortet nicht. Es bleibt ein einseitiges Gespräch, wie wir es schon im Dorf geführt haben, und manchmal bin ich mir nicht einmal sicher, ob er meine Sprache versteht.

Einmal habe ich es sogar auf Griechisch versucht: *Parakalo*, sagte ich, *bitte!* Weil ich gelesen habe, dass man der Sprache eines Flüchtlings bereits anhören kann, auf welcher Route er zu uns gelangt ist. Über Marokko, Algerien oder Libyen, an der Küste aus dem Wasser gestiegen, wenn er Spanisch oder Italienisch versteht, während Aladdin auf dem Landweg gekommen sein muss: über Griechenland, wo er erst einmal festsaß und genug Zeit hatte, die Sprache zu lernen. Er tauchte unter und sparte Geld für die Weiterreise bis nach *Vavaría*, wo man ihn aufgabelte und in eine Kaserne brachte. Er schlief in Festzelten, auf Schiffen und in einem Jägerstand, er bewohnte ein Altenheim und eine Turnhalle, bevor er ein Dorf aus Containern bezog, das seit Jahren ein

Provisorium war. Dort saßen sie auf ihren Feldbetten. Alte und Junge, Männer und Frauen, sie schwiegen in verschiedenen Sprachen, nach der ersten Nacht waren sie unterschiedslos, und wer im wirklichen Leben verfeindet war, sollte bald lernen, sich eine Dusche zu teilen. Am Abend waren die Dörfer wie leergefegt. Es war zu gefährlich, vor die Baracke zu gehen, aber im Bett war es trocken und warm. *Ein Bett, ein Bett, dachte Aladin, um drin allein zu sein*, und in der Kaserne gab es so wenig Platz, dass manche Männer auf Matratzen im Freien lagen. Er bekam Kleider, auch wenn sie verschlissen waren, statt Geld gab es Essenspakete, und weil er im Dorf nicht arbeiten durfte, saß er jeden Tag auf der Terrasse. Der Tauschhandel blühte – Drogen und Alkohol bekam man überall, und so verdämmerte er seine Zeit in einem Reptilienschlaf, reglos und darauf lauernd, dass etwas geschah oder sich doch eine Frau finden ließ, die ihm für etwas Geld die angestaute Erregung abnahm. Manchmal glaubte er, dass sie ihn dort vergessen hatten: im Lager, das er niemals verlassen würde, um sein restliches Leben dort abzuwarten, sechs endlose Wochen lang, die immer wieder von vorne begannen. Sie müssen Geduld haben! sagte man ihm: In seinem Fall sei noch nichts entschieden – und irgendwann nahm er es selbst in die Hand. Er hatte genug davon, noch länger zu warten, verstieß gegen die Residenzauflagen, zog meine Kleider an und verließ das Lager unter dem Deckmantel meines Namens.

Und nun ist er hier. Illegal, abgetaucht, ich bin zu seinem Schlepper geworden. Er bezahlt mich mit dem Geld aus dem Dorf, das längst auf meinem Konto gelandet ist, und trotzdem verfolge ich ihn. Auch die Firma wird bereits nach ihm suchen, weil alles viel zu einfach gelaufen ist: mit falschen Papieren über die Grenze gehen – ein zu alter Trick und schon so oft kopiert, dass selbst die Zollbeamten darauf spezialisiert werden, den Menschen tief in die Augen zu sehen und zu erkennen, ob sie in Wirklichkeit nicht andere sind. *Wenn man bedenkt, wie häufig gefälschte Dokumente an der Grenze genutzt werden, oder echte Dokumente, die jemand anderem gehören, dann ist die Aufklärungsrate viel zu gering,* erklärt der Chef der Sicherheitsbehörden, und auch Aladdin ist so ein Fall, der immer noch nicht aufgeklärt ist.

Sechs Wochen lang hatte er ausgeharrt, in der Grenzstadt Edirne, mit Blick auf den Sicherheitszaun. Er ließ sich einen Bart wachsen, und am Tag seiner Flucht nahm er ihn wieder ab, als er auf den Brücken der Stadt über den Evros spazierte und die Haut um sein Kinn etwas blasser geblieben war.

Ach, ich möchte mir einen Bart wachsen lassen, darin ist man aufgehoben. So steht es in dem Buch, das er auf der Parkbank liegen gelassen hat. Es ist auf Deutsch geschrieben, und Aladdin muss die Sätze gelernt haben, um etwas erzählen zu können, falls man ihn fragte. Im Einband stand ein deutscher

Name, derselbe Name wie in seinem Pass, den er an der Grenze vorlegte, und als sie sein Gepäck durchwühlten und dort das Buch fanden, zerstreute es ihren Verdacht. Er bekam seinen Ausweis zurück und durfte passieren, aber die Sätze blieben in seinem Kopf. Sie sind das Einzige, was er auf Deutsch aufsagen kann, und beinahe hätten sie ihn verraten:

Denn Paß und Bild waren falsch. Die Inschrift auf seinem Paß möchte zwar die letzte sein, auf die er gelautet habe, doch stünden wohl noch frühere, ihm unbekannte, dahinter, und »Aladin« wäre nichts als eine Verkleidung, eine Schutzfarbe oder Schreckform, die er angenommen habe, um irgendeiner Verfolgung, die aus dem Boden stieg, auszuweichen.

Vielleicht stelle ich es mir auch zu einfach vor. Ich schaue im Internet nach. Auf den Satellitenbildern von Google Maps ist der neue Grenzzaun zu sehen, der die Grenze zu Griechenland nachbildet. Er folgt dem Flusslauf des Evros und ist halb so lang wie die Chinesische Mauer, die man noch vom Mond sehen kann. Ich zoome etwas näher heran. *See inside*, fordert Google mich auf. Ich aktiviere die *Street-View*-Funktion, indem ich auf die kleine Figur klicke, die einen orangefarbenen Overall trägt, und ziehe sie über die Brücken der Stadt. Jetzt hängt sie an meinem Mauszeiger. Den Fluss kann sie noch überqueren, aber als ich sie vor dem Zaun absetzen will, findet sie dort keinen Halt. Sie baumelt in der Luft, und wenn ich sie loslasse, mit einem Klick, fliegt sie sofort wieder zurück: in die Legende, die ihr Ausgangspunkt ist.

»Wer fortläuft, läuft immer im Kreis herum und fängt an, wo er aufgehört hat.«

»Ja, wenn er ~~nicht~~ den Boden unter den Füßen verliert.«

»Es muß auch mal eine Straße geben, die aus dem Kreis herausführt.«

»Na, so laß dich auf den Mond hinaufschießen –«

In der Realität wird dieses Verfahren *Push back* genannt: Sie greifen dich auf, noch bevor du die Grenze passierst, und fliegen dich zurück in dein Heimatland. Wer in der Luft hängt, an einem Zaun baumelt oder aus dem Meer gefischt wird, der hat noch kein Recht auf Asyl. Er muss erst festen Halt unter den Füßen spüren – erst dann wird sein Status geprüft, alles andere führt zum Verlust der Rechtsgültigkeit, in einem Verfahren, das jeder Rechtsgrundlage entbehrt, aber nichtsdestotrotz: Der Bewerber wird disqualifiziert.

Die Legende, in die Aladdin zurückfliegen muss, führt ihn zurück ins Marmalgebirge. Dort liegt sein Ausgangspunkt, und immer wieder muss er dorthin zurückkehren, von seiner Flucht erzählen und alles noch einmal hinter sich lassen: seine Frau und drei Kinder, deren Namen er bereits zu vergessen beginnt; er flieht vor den Beamten der Ausländerbehörde, den Sozialarbeitern, die ihn kaum verstehen, er flieht vor den Anwälten, denen er erzählt, und er flieht vor Gericht, in den Akten, die seine Flucht fortschreiben, weshalb sie niemals zu Ende sein wird. Er wird niemals ankommen, in den Geschichten, die sich reproduzieren und wieder zurück an den Anfang führen – er selbst ist sich flüchtig geworden. *»Ja – jetzt bin ich hinter mir her«, entgegnete Aladin,* dessen Leben in der Vergangenheit spielt und der hier keine Zukunft hat, solange er nur aus Zitaten besteht:

»Und euer richtiger Name?« Der Name war mitverbrannt – so schien es wenigstens – aber während er noch im Winkel saß, tauchte jener schon wieder auf und baute seinen Träger in einen anderen um, so wie man Silbe um Silbe einen Wortleib zusammenfügt. Eines Tages ertappte er sich bei einer fremden Bewegung.

Die einzige Chance, die er noch hat, ist, das Leben eines anderen zu führen, und ich frage mich, als wer er sich ausgibt, wenn er mit seiner Frau telefoniert. Mach dir keine Sorgen, wird er sagen, um sie zu beruhigen: Es gehe ihm gut, zumindest nicht richtig schlecht, weil es ja kein richtiges Leben ist. Er leidet keine richtige Not, auch wenn er keine richtige Arbeit hat, weil es im falschen Leben nichts Richtiges gibt und selbst die Arbeit etwas Strafbares ist, also sitzt er bloß auf der Terrasse, trinkt seinen Tee oder geht manchmal spazieren. Dann hebt er Steine auf, um sie am Ortsrand zu Kegeln zu schichten, die am nächsten Tag schon wieder zerstört sein werden, und wenn ihm jemand entgegenkommt, einer der richtigen Menschen, die schon immer in diesem Land gelebt haben, dann grüßen sie ihn nicht, wie zum Beweis, dass es ihn gar nicht gibt. Er ist ein Geist, der geisterhaft durch das Straßenbild zieht, und vielleicht ist er wirklich nicht da, sondern nur das, was meine Freundin von ihm behauptet: eine Einbildung, die man nicht anrufen kann! Wo bist du? fragt sie. Komm wieder her! Wonach suchst du? Es gibt keinen Aladdin!

Aber es gibt eine Nummer. Sie beginnt mit +937, und irgendwann rufe ich tatsächlich an. Es dauert eine Weile, bis die Verbindung sich aufgebaut hat, ich bin nervös und höre das Knacken, dann einen Ton, und schließlich hebt jemand ab. Es ist eine sehr junge Stimme, eine Frau, sie klingt weit entfernt. *Salom,* sagt sie, und ich frage mich, ob ich mich verwählt habe, vielleicht auch verhört: *Salom*, und nicht *salam alaikum*, sondern *shalom*, nur mit stimmlosem H. *Salom,* erwidere ich ihren Gruß, der irgendwo zwischen zwei Wörtern steht, die scheinbar miteinander verfeindet sind. *Bale?* sagt sie. Es klingt wie eine Frage. *Bitte?* frage ich zurück, *parakaló? Ki has?* will sie wissen, und da ist es wieder: das stimmlose H, als würden wir uns auf Französisch unterhalten: *Qui est?*, und womöglich verstehen wir uns doch, Aladdins Frau und ich – sie klingt wie ein ganz junges Mädchen. Ich frage mich, was er davon halten würde, dass sie mit mir telefoniert.

Ich bin Albert, sage ich, Albert Jacobi. Ein Freund von Aladdin. Vielleicht hat er von mir erzählt? Sie schweigt. *Al-Almani* füge ich hinzu, es klingt wie ein Topterrorist, und dann endlich frage ich sie, was ich eigentlich von ihr wissen will: *Ki has Aladdin?* Aber sie hat bereits aufgelegt.

ZEHN

Noch bevor meine sechs Wochen zu Ende waren, ließen die Taliban im Siedlungsgebiet der Paschtunen, das jenseits des Sicherheitszaunes lag, einen Soldaten frei, der fünf Jahre lang ihr Gefangener gewesen war. Im Gegenzug legten fünf Taliban auf einer Karibikinsel ihre orangefarbenen Overalls ab. Sie flogen wieder zurück, an ihren Ausgangspunkt in Mazar-i-Sharif, wo sie zur selben Zeit ankommen sollten wie die Soldaten, die wir im Dorf ausgebildet hatten. In Marseille gestand ein Mann, dass er mit einem Gewehr das Jüdische Museum in Brüssel gestürmt und dort vier Menschen erschossen hatte. Er soll zuvor ein Jahr in Syrien gelebt haben, mit Dschihadisten zusammengekommen sein, und im Dorf erfuhr ich nichts von der Wahl, bei der der syrische Präsident fast neunzig Prozent aller Stimmen bekam – von einem Wahlvolk, in dem die Flüchtlinge und die Toten des Bürgerkriegs die absolute Mehrheit ausmachten. Im Jemen starben vierzehn Menschen bei einem Anschlag der Taliban, und in der Normandie feierte die Kanzlerin das siebzigjährige Ende des Krieges, mit dem Präsidenten der Russischen Föderation, den sie am Rande der Feierlichkeiten zur *Situation* in der Ukraine befragte. In Kabul wurde ein Attentat auf einen

Präsidentschaftskandidaten verübt, bei dem sechs Menschen starben, aber der Kandidat überlebte. Im Norden des Landes brachten heftige Regenfälle einundneunzig Menschen ums Leben, und im Roten Meer, das sich zum Exodus nicht mehr teilen will, ertrinken sechzig Menschen, als ihr Boot untergeht. Die Meerenge von Bab al-Mandab wird das *Tor der Tränen* genannt, und in Bayern hat sich ein Forscher in einer Höhle verletzt. In der Kölner Keupstraße gedenkt man der Opfer, die vor zehn Jahren von den Nägeln einer Bombe durchbohrt worden sind, und in der Europäischen Union wird Hinterbliebenen das Recht zugesprochen, sich den Resturlaub von Verstorbenen auszahlen zu lassen. Drei israelische Jungen verschwinden, als sie durch das Westjordanland trampen, in der Westbank werden alle Häuser durchsucht, und in Afghanistan sterben elf Menschen bei einem Anschlag auf ein Wahllokal. In Nigeria tötet die Terrorgruppe Boko Haram vierzig Fußballfans beim Public Viewing, die Seuche Ebola bricht aus, die *Washington Redskins* verlieren den Markenschutz ihres Namens, von den Ureinwohnern verklagt, und in Philadelphia stellt man den KZ-Aufseher Johann Breyer mit 89 Jahren vor Gericht. In Bayern wird ein Höhlenforscher gerettet, in Ägypten erhalten einhundertdreiundachtzig Muslimbrüder ihr Todesurteil, die Zitadelle von Erbil wird zum Weltkulturerbe erklärt, und auf einem südkoreanischen Militärstützpunkt läuft ein Soldat Amok. Die Isis-Rebellen erobern die Provinz *Salah ad-Din*, im Sauerland kollidiert ein Eurofighter mit einem Privatflugzeug, in Nigeria werden sechzig Mädchen entführt, und die Bayerische Regierung lässt eine Höhle verschließen. In Brüssel unterzeichnet die Ukraine ein Assoziierungsabkommen. Drei israelische Jungen bleiben vermisst, nach zahlreichen Festnahmen im Westjordanland feuern die Qassam-Brigaden Raketen auf Israel ab. In Sarajevo gibt es ein Konzert zum hundertsten Todestag von Franz Ferdinand, Ebola breitet sich aus, und die Isis-Rebellen erklären ihr Einflussgebiet zum *Kalifat*. In Hebron werden die Leichen dreier Jungen entdeckt, in Bolivien erhalten zehnjährige Kinder die Rechte von Arbeitnehmern, und ein sechzehnjähriger Junge wird aus Palästina entführt. Sein Tod gilt als Vergeltungsaktion, wieder neue Ebola-Zahlen, und in Belo Horizonte spielt Deutschland gegen Brasilien sieben zu eins. In der Presse ist von einem *Massaker* die Rede, *la Mannschaft* kreist im *Siegerflieger* über Berlin, in Tripolis wird der Flughafen von Milizionären zerstört, und im Gazastreifen beginnt die *Operation Protective Edge*. Die EU will ihre Sanktionen gegen Russland verschärfen, Isis heißt jetzt IS, sonst ändert sich nichts, die Terroristen erobern ein Erdgasfeld, der niederländische Staat muss eine Mitschuld am Massaker von Srebrenica tragen, und in Amsterdam wehen die Flaggen auf Halbmast, weil in der Ostukraine ein Malaysisches Passagierflugzeug abgestürzt ist.

Nichts davon erscheint mir real. Manchmal glaube ich, dass selbst der Zaun um das Dorf, den ich für die Demarkationslinie hielt, zwischen Inszenierung und Realität, nur eine Attrappe gewesen ist. Ich kann die Meldungen nicht mehr sortieren. Die Bilder reproduzieren sich selbst, wie eine Serie von Campbell's-Soup-Dosen, und nur die Kulissen unterscheiden sich noch. Jeden Tag rücken sie näher heran, und vielleicht ist es im Dorf nie um die Ausbildung der Truppen gegangen. Wir waren die Hauptfiguren in diesem Spiel, *this war of mine*, Faruk, google das mal! und ich war *Aladdin CoB,* ein *Civilian on the Battlefield,* der seinen eigenen Ernstfall trainierte: einen immer näher rückenden Krieg, mit Statisten in Uniformen, die sich im Dorf als Soldaten ausgaben.

Es ist der 19. Juli 2014. Die Nachrichten zeigen das Bild eines Flugzeugwracks auf einer graubraunen Wiese, eine beinahe friedliche Szenerie, weil ringsherum gar nichts geschieht. Das Gelände ist abgesperrt, das Bild wirkt wie eingefroren, nur die Grashalme schaukeln im Wind, und neben den Wrackteilen liegt ein einsamer Flugzeugsitz. Ich kann zwei Beine darin erkennen, ein paar nackte Füße, denen Schuhe und Strümpfe fehlen, jemand scheint in der Sonne zu dösen, und nur langsam begreife ich, dass es ein kalter Reptilienschlaf ist, aus dem er nicht wieder aufwachen wird. Die Sonne knallt vom Himmel, und ein Reporter erklärt, dass die Leichen in der Hitze verwesen, weil niemand weiß, wer für sie zuständig ist.

Im nächsten Beitrag sieht man drei Kinder. Sie sind nur Silhouetten, in die gelben Fahnen des palästinensischen Widerstandes gewickelt, wie sie durch die Straßen von Gaza getragen werden. Die Männer halten Gewehre über den Köpfen, andere vergraben ihr Gesicht in den Händen, einige Frauen beginnen zu trillern, und ich kenne die Szene, wir haben sie im Dorf nachgespielt, und auch diese Bilder kopieren sich selbst. Es ist der zwölfte Tag der Bombardierung. Eine Frau weint: Unser Haus wurde angegriffen, meine drei Kinder sind dabei gestorben, es waren die letzten drei, die ich noch hatte. Eine andere ruft: Wir wollen weg hier! Aber wo sollen wir hin? Es gibt nirgendwo Schutz, hinter dem Sicherheitszaun, den sie mit Sicherheit nicht überwinden wird.

Die nächste Meldung berichtet von der Küste Salernos. Es ist wieder ein Boot gekentert, neunzehn Menschen haben es nicht geschafft, und nur die Zahlen unterscheiden sich noch. Ich höre bloß mit einem Ohr hin, aber diesmal gibt es eine Besonderheit, die eine Meldung wert ist: Sie sind nicht ertrunken, sondern an den Motorabgasen erstickt, was schon mal passiert, wenn ein Boot überladen ist.

Ich fand es besser, als wir Fußball gespielt haben. Als ich mit Aladdin gemeinsam gegen Faruk antrat, wenn auch nur ein einziges Mal. Wir sollten nicht Fußball spielen, weil wir das Kriegsspiel dann nicht ernst genug nahmen, doch selbst die Soldaten vergaßen manchmal die Regeln, sie standen am Straßenrand und feuerten uns an. Es waren dieselben Männer, die später die Tür zum Haus des Dorfältesten sicherten, weil dahinter Verhandlungen stattfanden. Faruk und ich winkten über die Straße. Sie nickten zurück und warteten dort stundenlang, in der Mittagshitze, in ihren Splitterschutzwesten, die aussahen wie Schildkrötenpanzer, und ihre T-Shirts waren darunter schweißnass. Irgendwann kamen der Arzt und seine Frau, die ihnen Wasser brachten. Sie warteten ab, bis die Soldaten getrunken hatten, und dann nahmen sie die Flaschen wieder mit, um nicht zu verraten, dass sie ihnen zu trinken gegeben hatten und dieses Spiel vielleicht nicht ernst genug nahmen.

Am 20. Juli zeigen die Nachrichten wieder das Flugzeugwrack. Heute scheint keine Sonne. Der Himmel ist verhangen, die Beine im Sessel sind nicht mehr zu sehen, und es heißt, dass der Unglücksort nun abgeschirmt werde. Man habe begonnen, die Leichen zu bergen, sagt der Reporter, und nur ihre Koffer sind noch im Bild. Sie sind aufgesprungen, und alle Kleider liegen bunt wie Blumen auf der Wiese verstreut. Ein Mann in Tarnkleidung steht dazwischen. Er trägt eine Kalaschnikow auf dem Arm, die dort liegt wie ein schlafendes Tier, und mit der freien Hand hebt er ein Stofftier hoch, ein schwarzweißes Äffchen, das mich an unsere Katze erinnert.

Dann ein Schnitt und wieder Bilder aus Gaza: Ein Junge wird von Ärzten behandelt. Er sieht aus wie geschminkt, ein Clown mit kalkweißem Gesicht, und nur seine Wangen sind rosig, von blutigen Tränen verschmiert.

Der Bundespräsident legt einen Kranz vor dem Bendlerblock nieder. Er erinnert an das Attentat vor siebzig Jahren, das zum Ziel hatte, einen Krieg zu beenden, und auch als Fehlschlag sei es nicht vergeblich gewesen: weil es uns lehrte, dass man immer die Wahl habe, zwischen Handeln und Untätigkeit.

Danach sieht man noch einmal die Koffer. Sie liegen aufgeplatzt herum, diesmal auf der Autobahn, es ist die A4 in der Nähe von Dresden, wo ein polnischer Doppeldecker auf einen ukrainischen Reisebus auffuhr. Der hintere Bus überschlug sich, er durchfuhr die Mittelleitplanke und rammte einen Kleinbus, in dem polnische Saisonkräfte saßen. Zehn von ihnen kommen nicht mehr nach Hause, nur ihre Koffer liegen noch auf der Straße. Das Innenleben quillt heraus, man sieht Spielzeug und Schlager-CDs, letzte Dinge, Habseligkeiten, und an der Flanke des polnischen Busses, *International coach transport*, steht *Sindbad* geschrieben.

Sindbad aus Polen, der ein baltischer Seefahrer war, während Aladdin aus Ostdeutschland kam, und meinetwegen kann er alles haben: Meinen Ausweis, meinen Namen, meinen Geburtsort. Ich hänge nicht an meiner Herkunft. Die Orte sind beweglich geworden, und wie sollte ein Ort noch darüber entscheiden dürfen, ob das Leben, das man führte, ein richtiges war? Aladdin, der aus Ostdeutschland kam, aus dem Morgenland, das heute in Gesternland liegt, hatte früh gelernt, dass die Orte bloß Namen und alle Namen austauschbar waren. *Stalinstadt, Karl-Marx-Stadt,* und wieso sollte ich zur Polizei gehen, um den Verlust eines Ortes zu melden, der selbst aus meinem Ausweis verschwunden ist. Auch den Weg zum Einwohnermeldeamt spare ich mir, und wer soll mir noch glauben, dass ich Albert Jacobi bin, wenn ich mir selbst nicht mehr glaube, denn vielleicht bin ich es schon lange nicht mehr.

Im Bewerbungsknigge lese ich nach, wie man sein Profil optimiert und in *real time* neue Ausschreibungen findet. In meinem Profil klebt rote Erde. Meine *real time* findet andernorts statt, und wenn ich meinen Lebenslauf schreibe, zeichne ich eine Schablone nach: Studium, Praktika, Auslandserfahrung, Stipendien und ständig die Angst, zu viel Zeit für etwas verloren zu haben, das nicht wirklich wichtig war. Und jetzt? Ist nichts davon wichtig gewesen, und alles, was zählt, ist: *Geburtsort: Nicht Mazar-i-Sharif.* Familienstand: *nicht verheiratet, keine drei Kinder*, die ich nicht zurückgelassen habe – ich bin ungebunden, *open-minded*, flexibel, und nur zum Schein lebe ich noch mit einer Frau zusammen, die sich als meine Freundin ausgibt. Sie ist mir fremd geworden wie mein Beruf, ich schreibe *Freiberufler*, was besser als *arbeitslos* klingt. Ehrlicher wäre *CoB*, so verdiene ich mein Geld, und immerhin muss ich nicht *Fixer* schreiben, was Aladdin lange gewesen ist – eine ehrbare Arbeit, auch wenn es ganz und gar nicht so klingt. In seinem früheren Leben hat er Dinge geregelt. Er war ein Fixer, von *to fix*, und verkaufte Adressen, er handelte mit Informationen, brachte Journalisten mit Warlords zusammen, machte Aktivisten mit Reportern bekannt, er war ihr Kontaktmann, ihr Handlanger, Übersetzer in eintausend Sprachen, die er alle nur splitterhaft sprach. Sein Job war gefährlich. Aber Aladdin, der einen überall hinbringen konnte, jeden kannte und selbst beinahe unsichtbar war, war so gut darin, sich nicht erwischen zu lassen, dass manche sich fragten, ob es ihn überhaupt gab.

Von dem Geld, das er verdiente, kaufte er einen Aprikosenhain, der seit Generationen auf dem Grund seines Nachbarn lag. Im Krieg aber gingen die Papiere verloren, es gab Streit um das Land, und dann verließen die ISAF-Truppen Afghanistan. Mit ihnen gingen auch die Journalisten, und Aladdin kratzte den Rest seines Geldes zusammen, er übernahm das Café, das am Ortsrand lag, und was hätte er anderes tun sollen in einem Land, in dem die Warlords das Arbeitsamt waren. Seine Frau und die Kinder wurden ins Haus seiner Eltern geschickt, und Aladdin saß auf der Terrasse, er wischte den Staub von den Tischen, und Faruk war sein einziger Gast. Die anderen besuchten ihn nicht. Sie hatten Angst vor der Vergeltung der Taliban, und einmal hatte man sie sogar in seiner Tür stehen sehen: sechs Männer mit ihren Gewehren, die gewiss nicht gekommen waren, um bei Aladdin Tee zu trinken.

Vermutlich konnte er sich noch glücklich schätzen, dass sie ihm nur den Finger gebrochen hatten und zuerst eine Vorwarnung aussprachen. Andere hatte man gleich am Waldrand gefunden, skalpiert wie Freiwild, dem das Geweih entfernt worden war. Aladdin blieb keine Wahl. Er schloss die Läden, packte seine Sachen, und als er einen Nachfolger fand, verkaufte er das Café und strich das Geld ein, um das Dorf am Fuße des Marmalgebirges zurückzulassen. Seine Familie wollte er nachholen, und wenn er heute darüber berichtet, bleibt es ein einseitiges Gespräch wie im Dorf, wo der Supervisor ihn jederzeit abfragen konnte. Er gibt nicht viel von sich preis, in seinem *Asylvortrag – ausschlaggebend sind die Plausibilität der Verfolgungsgeschichte sowie die dargelegten Gründe für das Fehlen von Reisepapieren.* Es war Krieg, sagt Aladdin. Es gab Streit um das Land. Dabei sind alle Papiere verloren gegangen. Er hat nichts vorzuweisen als einen verwachsenen Finger, und wer weiß, ob nicht er selbst oder ein Freund diesen Finger aus dem Gelenk gedreht hat.

Soll er meine Papiere doch haben, meinen Ausweis, mein Monatsticket und meine Versicherungskarte. Ihn werden sie häufiger kontrollieren als mich. Einer, der wie Aladdin aussieht, muss damit rechnen, dass er jederzeit rausgepickt wird. Die Blicke bleiben skeptisch, selbst wenn man meinen Namen im Ausweis liest: Albert Jacobi, und ich stelle mir vor, wie er damit zum Arzt geht und meine Versicherungskarte über den Tresen schiebt. Die Sprechstundenhilfe runzelt die Stirn. Sie blickt ihn an, sieht auf die Karte und wieder zurück. Albert Jacobi, sind Sie das? Aladdin nickt. Ist eingedeutscht worden, sagt er. Hieß früher *Yaqubi*; wenn Sie wollen, können Sie auch einfach Ali sagen. Er zeigt ihr den Finger, dessen Gelenk sich wieder entzündet hat, wie zum Beweis, dass er beim Arzt der Richtige ist. Wie ist das denn passiert? will sie wissen. Er zuckt die Schultern und sagt, das liegt schon länger zurück. Irgendwann mal, beim Basketballspielen.

ELF

Aladdin, CoB
mobil: 0176/[redacted] • aladdin.cob@web.de

Deutscher Staat
Reichstag
Berlin

21. Juli 2014

Asylbewerbung

Sehr geehrte Damen und Herren,

durch die Zusammenarbeit mit deutschen Journalisten in meinem Heimatland sind mir der gute Ruf Ihres Staates und seine kreativen Werbeaktionen bestens bekannt. Als Absolvent eines Trainee-Programms in H. in der Oberpfalz habe ich außerdem erste Erfahrungen mit den Freiheitsrechten Ihres Landes gesammelt.

Als international agierendes, demokratisch organisiertes Unternehmen stellt Ihr Rechtsstaat für mich eine äußerst attraktive politische Ordnung dar, in deren Rahmen ich meine Erfahrungen einbringen kann. Da das im Grundgesetz beschriebene Aufgabengebiet eines befriedeten und menschenwürdigen Zusammenlebens in unverletzlicher Freiheit als Grundlage jeder Gemeinschaft eine ideale Fortsetzung meines bisherigen Lebensweges darstellt, möchte ich mich als engagierten deutschen Staatsbürger für einen unbefristeten Aufenthaltsstatus empfehlen.

Der Gleichheitsanspruch vor dem Gesetz – *niemand darf wegen seines Geschlechts, seiner Abstammung, seiner Rasse, seiner Sprache, seiner Heimat und Herkunft, seines Glaubens, seiner religiösen oder politischen Anschauungen benachteiligt oder bevorzugt werden* – und das anspruchsvolle Ziel, als Einwohner Ihres Landes zu dieser Rechtsgleichheit beizutragen, begründen mein Interesse an der Position eines vollwertigen Mitglieds Ihrer Gesellschaft.

Meine organisatorische Stärke, Ausdauer und Risikofreude konnte ich während meiner Flucht in Ihr Land unter Beweis stellen. Ich bin diszipliniert und verhandlungserprobt, arbeite eigenständig und gerne im Team. Fundierte Kenntnisse im Umgang mit Hierarchien, eine solide Duldsamkeit sowie sehr gute Sprachkenntnisse (Paschtu, Dari, Englisch und Griechisch) runden meine Kompetenzen ab.

Ich bin ortsungebunden und stehe Ihnen ab sofort zur Verfügung.

Über ein persönliches Gespräch freue ich mich sehr.

Mit freundlichen Grüßen

Aladdin, CoB

ZWÖLF

Schließlich kommt der Anruf, auf den meine Freundin seit Wochen gewartet hat: Sie wird zum Vorstellungsgespräch eingeladen, und ich versuche, mich mit ihr zu freuen. Ich gönne ihr den Erfolg, aber ich will sie nicht an ihn verlieren. Sie sagt, dass noch gar nichts entschieden ist, für sie so wenig wie für mich, denn auch ich habe meine Bewerbung noch abgeschickt. Es ist die Mappe vom letzten Jahr. Nur das Anschreiben ist neu, einige Daten habe ich verändert, ein paar Arbeitsproben hinzugefügt und Aladdins Reportage nicht mehr geschrieben. Du musst Geduld haben! sagt meine Freundin, der ich versprochen habe, dass ich es noch einmal versuchen will: als Albert Jacobi, der derselbe wie im letzten Jahr ist, und wenn sie ihn wollen, dann können sie ihn haben. Wenn nicht, dann nicht. Dann übernimmt ab sofort Aladdin, und später surfe ich wieder durchs Netz, um eine Spur von Faruk zu finden. Faruk, der weiß, wie es ist, wenn man außerhalb des Dorfes nicht mehr existiert, und nur im Netz wird er sich noch so nennen, im Schutz einer virtuellen Identität, und trotzdem gelingt es mir nicht, ihn zu finden. Ich weiß kaum etwas von ihm. Er heißt Sebastian und behauptet, in Görlitz zu leben, wo er Kunstgeschichte studiert.

Auf der Webseite *sondereinheiten.de* läuft eine Diskussion zum Thread *C.O.B.* Ich lese die Kommentare, die *Bunnymaster*, *Jimmy* oder *Bud Spencer* ins Forum geschrieben haben, aber ein *Faruk* findet sich nicht. Der letzte Eintrag liegt zu weit zurück. Er ist bereits von 2008. *Noob* würde gerne seine *Semesterferien mit einem etwas ungewöhnlichen Job anreichern* und dazu ein paar Informationen erhalten. Bisher hat ihm niemand geantwortet. In seiner Signatur steht: *Life may not be the party we hoped for, but while we are here we might as well dance!* Ich registriere mich auch, als *Aladdin, CoB*, und schreibe darunter: *Ist Faruk hier?*

Ich glaube nicht, dass er mir antworten wird. Hier, auf *sondereinheiten.de*, eine Seite, die er nicht einmal kennen wird. Aber wer weiß – schließlich haben wir uns auch ins Dorf verirrt. *Macs* fragt *amnestyfan*, der alle Statisten *Verräter am Rechtsstaat* nennt, was er in diesem Forum zu suchen habe. Ich logge mich aus, um woanders eine Spur von Faruk zu finden, die allerdings immer wieder ins Leere führt. Ins Lager *Al-Faruk* zum Beispiel, ein Al-Qaida Ausbildungscamp, bevor ich schließlich wieder bei Facebook lande, wo ein Faruk dem Aufruf ♥ PLEASE ... SHARE ♥ gefolgt ist, der auf der Seite *Jih@d is my way – what is your way?* gepostet ist. Faruk, bist du das? Diese Frage spare ich mir.

Ein paar Stunden später hat *Kai* mir geschrieben: Er hat ein großes Fragezeichen unter meinen Eintrag gesetzt, und dort wird es bleiben, als Abschluss des Threads *C.O.B.* Auch in den kommenden Wochen logge ich mich ein. Faruk hat nicht geantwortet, und auch Aladdin ruft nie zurück.

Aladdin, der im Netz seine Spuren verwischt. Es gibt einen Ort, wo er sich aufhalten könnte, weil ihn dort niemand vermuten würde. In einem Dorf, das Aladin heißt und südöstlich von Kabul liegt, im Staat Lugar auf der Höhe von Peshawar. Man kann sich das Wetter in Aladin für die nächsten zehn Tage voraussagen lassen. Aladin hat eine Facebookseite, und unter *things to do in Aladin* steht: *No places were found. Try searching again for other categories.* Auf Google Maps lässt sich die Street-View-Funktion nicht aktivieren. Es gibt keine Straßen in Aladin. Bloß rostrote staubige Pisten, und der Wetterbericht sagt, man müsse dort noch lange auf Regen warten.

»Wer fortläuft, läuft immer im Kreis herum und fängt an, wo er aufgehört hat.«

»Ja, wenn er ~~nicht~~ den Boden unter den Füßen verliert.«

»Es muß auch mal eine Straße geben, die aus dem Kreis hcrausführ t.«

»Na, so laß dich auf den Mond hinaufschießen –«

Es gibt keine Straße in Aladin, die aus dem Kreis wieder herausführen kann, also lässt er sich ins Weltall hinaufschießen und kreist jetzt im Orbit, auf einer sonnensynchronen Umlaufbahn. Er hat den Boden unter den Füßen verloren, Aladin, der jetzt ein *Atmospheric Laser Doppler Lidar Instrument* ist und Teil der Earth Explorer Mission. Er ist auf Abstand gegangen und beobachtet uns, aus 400 Kilometern Entfernung, wo er berechnet, wie der Wind um ihn steht. Mit Laser und Spiegelteleskop vermisst er die Erdatmosphäre, er sendet Lichtimpulse aus, als Erstes sieht man immer sein Licht, ein Spiegel wirft die Strahlung zurück, und Aladin ermittelt die Dopplerverschiebung.

Manchmal kann ich ihn sehen. Sein blinkendes Licht, das über mir schwebt, und niemand sonst beobachtet mich. Der Laser Aladin, und Aladin, der jetzt für die Bundeswehr fliegt (ich sage noch immer *Armee*), ein Fabrikat der Firma EMT, eine *Abbildende luftgestützte Aufklärungsdrohne im Nächstbereich*, die Bilder in Echtzeit übermittelt und damit beworben wird, dass sie sich im Einsatz besonders unauffällig und flexibel verhält. Faruk hat recht behalten mit seiner Vermutung, dass die nächste Generation Microcopter in unserem Namen eingesetzt wird. Und sogar ein Modellbausatz trägt seinen Namen: *German Soldier/EMT Aladin/Afghanistan*, im Maßstab eins zu fünfunddreißig und mit fünf von fünf Sternen bewertet. Auf der Verpackung steht, dass der Artikel kein Spielzeug ist, für Kinder unter vierzehn Jahren nicht geeignet. Aladin wird in Einzelteilen geliefert.

DREIZEHN

Der Sommer kühlt bereits ab. Trotzdem sitze ich jeden Tag auf der Bank. Ich bringe Bier und Zigaretten mit, aber Aladdin kommt nicht mehr, und so bleibt es dabei, dass ich seine Rechnungen bezahle und mir den Verbindungsnachweis runterlade, um zu sehen, mit wem er telefoniert. *Salom, shalom, salam alaikum.* Als das Geld aus dem Dorf fast aufgebraucht ist, fahre ich mit der Tram in den Norden der Stadt.

Das Amt steht nicht direkt an der Straße. Man muss erst einen Vorplatz überqueren, an dessen Ende sich ein massiger Bau erhebt, er ist mit silbergrauen Platten verkleidet, ein Turm vor einem wuchtigen Seitenschiff, das Amt als Kathedrale. Schon in der Tram sehe ich den Leuten an, ob sie dasselbe Ziel haben wie ich. Sie steigen aus, und ich folge ihnen über den Platz, bis zum Eingang, wo der Strom sich verzweigt. Es gibt zwei Eingänge. Ich nehme den linken und werde wieder hinausgeschickt, weil ich die rechte Tür nehmen soll, die zum *Jobcenter* führt. Also gehe ich wieder nach draußen und durch die rechte Tür wieder hinein, um in derselben Wartehalle zu stehen, nur auf der anderen Seite des Handlaufs, der den Raum in zwei Hälften zerlegt. Jenseits der Absperrung in der *Agentur für Arbeit*, wo man *Beruf* statt *Job* sagen darf, sehen sie auch nicht glücklicher aus. Vielleicht ist es tragischer, einen echten Beruf zu verlieren und hauptamtlich hier sitzen zu müssen, während ich nur zeitarbeitslos bin. Ich ziehe eine Nummer und setze mich.

Fast alle Schalter sind geöffnet, und es dauert nicht lange, bis meine Nummer angezeigt wird. Ich lege meinen Reisepass vor. Die Sachbearbeiterin, die meine Daten eingibt, ist jung und außerdem ziemlich hübsch. Waren Sie schon einmal bei uns? fragt sie. Es gefällt mir, wie sie das sagt: *uns*, es klingt heimelig, als würde sie sich freuen, mich zu sehen. Noch nie? Sie wirkt überrascht, und obwohl ich gerne Teil ihres *Uns* werden würde, hört es sich wie eine Auszeichnung an: bisher nicht dazuzugehören. Mein erstes Mal, sage ich. Sie wird tatsächlich rot. Eine Meldebescheinigung haben Sie nicht? Ich schüttle den Kopf, und sie will mich trotzdem nach oben schicken, wo ihre Kollegen entscheiden sollen, ob ich wieder nach Hause gehen muss oder die Meldebescheinigung nachreichen darf. Ich bin überrascht, dass es für sie einen Spielraum gibt, unterschreibe das Datenblatt, das sie mir vorlegt, und nehme ihr den Plan aus der Hand, auf dem sie den Warteraum angekreuzt hat.

Raum C3 liegt im Seitentrakt. Ich nehme den Fahrstuhl in den dritten Stock und muss einen langen Flur entlanggehen. Es gibt viele Fenster, sogar ein paar Oberlichter, und ich habe es mir hässlicher vorgestellt: enger, bedrückender, eher wie im Knast, und nur die Schließgeräusche erinnern daran. Immer wieder öffnet sich eine Tür, jemand tritt heraus und schließt sofort hinter sich ab. Seine Schritte hämmern über den Gang, und erst im Wartesaal C3 werden alle Geräusche von grüngrauem Filz verschluckt, der den Boden des Zimmers bedeckt. Ein säuerlicher Geruch hängt zwischen den Wänden, obwohl die Fenster geöffnet sind und die Lamellen der Jalousien sich bewegen. Der Raum ist riesig: Nur jeder zweite Platz ist besetzt, und trotzdem warten bestimmt dreißig Menschen, die vor mir an der Reihe sind. Sie starren auf ihre Telefone, andere lesen Zeitung, die sie sich mitgebracht haben müssen, denn in dem Aufsteller, der in der Ecke steht, stecken nur Broschüren mit dem Logo des Jobcenters und Titel wie *Bildungszielplanung*.

Ich suche mir einen freien Platz und starre auf die Tür, die alle fünf Minuten geöffnet wird. Dann tritt jemand heraus, er ruft einen Namen, auf den irgendwer reagiert, der mit ihm in dem Zimmer verschwindet. Manchmal fällt ein Name ins Leere. Er wird einmal gerufen, vielleicht noch ein zweites Mal, bevor sich die Tür wieder schließt, und ich frage mich, ob der Mensch, der diesem Namen gehört, sich in einem der Flure verirrt hat, auf der Toilette sitzt oder einfach wieder nach Hause gefahren ist. Es wird noch dauern, bis ich an der Reihe bin, und ich ziehe Aladdins Buch aus der Tasche.

Es ist das Buch, das Aladdin über die Grenze gebracht hat. Er muss damit Deutsch gelernt haben, die paar Brocken, die er aufsagen kann, und vielleicht hat er es sogar verstanden. Es handelt von einem Mann, der aus dem Krieg zurückgekehrt ist, ein Namenloser, der sein Gedächtnis verloren hat, und als man ihn Jahre später aus einer Anstalt entlässt, behauptet er, dass er der Mann ist, in dessen Pass *Jean Marie Aladin* steht. Mit Aladins Namen und falschen Papieren flieht er vor seiner Erinnerung. Er irrt *durch die Baracken, die Übungsplätze, die Dorfstraße*, und *seiner Vergangenheit und seiner Existenz ungewiß, im Dunkeln tappend,* nistet er sich schließlich *in das Leben derer ein, die er eben vorfindet.* Obwohl das Buch fast achtzig Jahre alt ist, scheint es in der Zukunft zu spielen: Ich fiebere mit, als stünde noch offen, wie es für Aladin weitergehen wird, ich lese nur langsam und will daran glauben, dass alles schließlich ein gutes Ende nimmt.

Noch vor kurzem hatten Feuerwerker den Übungsplatz abgesucht und die Blindgänger, Handgranaten und letzten Depots gesprengt – die Erde war damals zerstampft und der Himmel von dem Echo jener dumpfen Schläge erfüllt gewesen, die bis in das Ried hinein und noch weithin spürbar waren … Da dröhnte Schlag um Schlag. Das Gelände war von Donner erfüllt, der irgendwoher kam und ohne Ursache schien. Wie von Ochsenhörnern gestoßen, fuhr Aladin schreiend empor, lief aus der Tür, den Grashang herunter, überstürzte sich, stolperte, fiel, raffte sich wieder auf und floh vor der Tuba der Erde, die ihn gerettet hatte. Schlag, Schlag. Schlag. Der Boden erinnerte sich, die Lüfte zitterten und wiederholten gehorsam den oft vernommenen Schall ... Er lief jetzt auf den Pfaden, die noch vor wenigen Jahren von Patrouillen gewimmelt hatten, von übenden Kompanien, deren flinke Maschinengewehre hier ausgerichtet waren, um das blutige Handwerk des Krieges als Kinderschreck weiterzutreiben ... Nun brachten sie einen Gefangenen her und warfen ihn in die Höhle, sie fesselten seine Hände und erschossen ihn dann mit Scherzpistolen, deren Zündplättchen in der klaren Luft hart und belustigend krachten ... Richtig, hier hatten Baracken gestanden, die nach dem Vertrag zerstört werden mußten, als die Truppen das Land verließen ... Hier hatten doch die Männer der Fremdenlegion gelegen, die deutschen Legionäre, gleich hinter dem Militärgefängnis, dessen Backsteinbau mit den kleinen, hoch eingesetzten Fenstern dort drüben zu sehen war? Und weiter ... was weiter, Aladin? ... Die letzten Häuser bröckelten ab, das Dorf wich auseinander, da war noch eine Scheune, eine Tankstation und ein Wellblechding mit schwarzem Blitz: Hochspannung, Lebensgefahr; dann Telegraphenstangen, dann Pappeln, dann machte der Weg eine Schleife, die von Schotter eingefaßt war; ein Stück, das nur Weg sein wollte, leg dich mal fest in die Kurve, lief vor der Laterne her, rechts und links war gar nichts, oder vielmehr: das ging einen gar nichts an ... Geländeübung, Rekruten im Frieden, Gefangene im Krieg, hernach die Besatzung, das riß nicht ab, Soldaten, Soldaten, Soldaten. Die Uniform wechselte, weiter nichts; die Geschütze wurden verbessert, jeder Lausbub wußte Bescheid mit Gewehren: ob der Schlagbolzen nicht zu kurz, die Scharnierwelle abgenutzt war. Einem Schulkind durchlöcherte während der Pause eine Kugel das Fußgelenk, weiß der Teufel, wieso, sie schossen damals in einer ganz anderen Gegend ... Erschöpft blieb er endlich am Eingang der Lagergrenze stehen und drehte sich vorsichtig um ... Diesen Blick – er kannte ihn noch aus einem anderen Leben, das er verlassen hatte, um Aladin zu werden ... Er war in die fremde Haut geschlüpft, als sei sie ihm angemessen, und hatte er anfangs gefürchtet, sie möchte ihm zu weit und daher Anlaß sein, daß er mit ausgeklappten und schlotterigen Händen die gefährlichen neuen Dinge vom Brett herunterstieße, so fühlte er bald mit Befriedigung, daß sie wie angegossen um seinen Körper saß ... Hauptsache ist für den Augenblick, du weißt nun wieder den Namen, auf den du getauft worden bist, und mehr weiß ja keiner im Grunde von sich. Man heißt eben, wie man muß – und muß vielleicht, weil man so heißt. »Und euer richtiger Name?« Der Wagen hopste, ein Wasserloch, ein schwarzer Spritzer schlug als Gelächter hoch: »der sitzt in dem Munitionsgebäude auf seinem alten Tornister; mhm, dort ist er sitzengeblieben.«

Aladdin? Eine Stimme schreckt mich auf. Sie gehört nicht hierher, doch als ich das Buch zuklappe, höre ich sie wieder: Aladdin! Eine Hand legt sich auf meinen Arm. Ich spüre den Druck, er berührt eine Fata Morgana, aber die Hand bleibt dort liegen. Ein Mann lässt sich auf den Sitz neben mir fallen. Er muss um die fünfzig sein, hat einen kahlen Kopf und fahle Haut, die von feinen Adern durchzogen ist. Seine Augen wirken glasig, als würde er mich durch einen Schleier sehen, und sein Atem riecht nach Rauch und Kaffee: Aladdin! sagt er. Beinahe hätte ich dich nicht erkannt! Er sächselt ein wenig, und ich erinnere mich an seine Stimme. Sie schwingt irgendwo nach. Hast du dir den Bart abgenommen? Ich finde kein Bild, das zu seiner Stimme gehört. Er sagt seinen Namen und klingt fast beleidigt: Youssef! sagt er. Youssef! Mensch, erkennst du mich nicht?

Auf dem Vorplatz des Lagers hatte Youssef einen Stand gehabt. Er hatte mit leeren DVD-Hüllen gehandelt, die er an die Soldaten verkaufte, bis die Taliban dort einen Sprengsatz zündeten. Sein Kopf bekam einen Granatsplitter ab. Youssef schrie und heulte, er wälzte sich am Boden und war bewusstlos, als der Hubschrauber landete. Die Sanitäter trainierten mit ihm. Sie betteten ihn auf eine Bahre und transportierten ihn ab, und als er zurückkam, schien er wie ausgewechselt und sein eigener Ersatzmann zu sein. Er antwortete nicht auf unsere Fragen, bewegte sich langsamer und verdämmerte seine Tage im Dorfkrankenhaus, wo außer ihm keine Kranken behandelt wurden. Er lag auf einer verdreckten Matratze, die er aus dem Hotel durch den Staub gezerrt hatte, und selbst der Supervisor ließ ihn dort schlafen, mitten am Tag, während wir uns zum *Dorfleben!* zwangen.

Wie geht's? frage ich ihn und tippe mir dazu an die Stirn. Youssef nickt. Muss, sagt er, nicht die Zeit, sich Gedanken zu machen. Er zeigt mit dem Kopf Richtung Tür. Was die da drin sich alles einfallen lassen! Und dann erzählt er mir, dass sie ihn zum *Real Life Training* verpflichtet haben. Der Begriff sagt mir nichts. So eine Art ABM, erklärt Youssef, eine Fortbildungsmaßnahme, die ihn wieder fit machen soll, für einen richtigen Job auf dem ersten Arbeitsmarkt. Jeden Morgen steht er um halb sechs auf, um mit der Tram an den Stadtrand zu fahren, zu einer Halle neben dem Amazon-Lager. In der Halle ist ein Supermarkt aufgebaut, mit allem Drum und Dran, und Youssef füllt dort die Regale. Am Abend, wenn der Supermarkt schließt, räumt er die Waren wieder ins Lager zurück, weil im Supermarkt nie etwas verkauft wird und der Supermarkt nie schließt und nie öffnet und alles ein ewiger Kreislauf ist. Die Kunden werden von Kollegen gespielt, an der Kasse bezahlt man mit Spielgeld, und die Wachsäpfel, die Youssef poliert, wechseln nur ihren Platz: vom Lager ins Regal, und wieder zurück. Kennst du den Witz? fragt er, von den zwei Hamstern im Rad? Fragt das Kind seine Mutter: Sind wir bald da? Ich deute ein Lachen an. Bekommst du Geld dafür? Natürlich nicht! Weil es ja keine richtige Arbeit ist, auch wenn er manchmal echt ins Schwitzen gerät, unter dem Neonlicht in der Halle, und lieber ginge er wieder ins Dorf, wo er wenigstens zu was nütze gewesen ist und die Soldaten noch richtig was mitnehmen konnten – für ihre Arbeit in Mazar-i-Sharif, und Einzelhändler war er schließlich auch da.

Er zieht einen Ausdruck aus der Tasche, den er umständlich auffaltet: die neue Ausschreibung, die seit gestern online steht. Schon gesehen? Er gibt mir den Zettel, und sein Kopf deutet noch einmal zur Tür: Heute will er ihnen die Ausschreibung vorlegen. Er will sich bewerben, und dann sei Schluss mit *Real Life*, zumindest für ihn, er will wieder ins Dorf, zurück ins richtige Leben. Drück mir dir Daumen! sagt Youssef, und ich wünsche ihm viel Glück: dass die da drin auch mitspielen werden. Und dass die Firma ihn für fit genug hält.

VIERZEHN

Nachdem Youssef aufgerufen wird, mit einem Namen, der mir nichts sagt, sehe ich ihn nicht wieder. Es dauert eine Weile, bis auch ich an der Reihe bin, und als ich dem Mann, der mich hereinbittet, die Hand geben will, zieht er seine zurück. Tut mir leid, sagt er, Hygienevorschriften. Wir gehen hinein, und bald bin ich etwas erleichtert: Niemand will mich zum *Real Life Training* verpflichten. Und trotzdem soll ich plötzlich ein Spiel spielen. Leben Sie allein? fragt der Sachbearbeiter. Ich schüttle den Kopf: in einer WG. Wer sind Ihre Mitbewohner? Ich nenne den Namen meiner Freundin, wir sind nur zu zweit, und er nimmt die Hände von der Tastatur und mustert mich: Sind Sie sicher, dass sie nicht Ihre Freundin ist? Ich muss Sie das fragen, sagt er. Mann und Frau, das klingt für mich wie ein Paar. Ganz sicher, behaupte ich, und er klärt mich auf: Für eine *Bedarfsgemeinschaft* gelten andere Berechnungsgrundlagen. Ich muss mich bremsen, um nicht Aladdins Text aufzusagen: Ich bin achtundzwanzig Jahre alt, ich lebe getrennt von meiner Freundin, und die Frau, mit der ich mir eine Wohnung teile, ist nunmehr eine Fremde für mich. Wir führen eine Scheinbeziehung, und es ändert nichts, dass sie neben mir liegt, wir uns eine Bettdecke teilen und unsere Zahnbürsten in einen Becher stellen. Manchmal schlafen wir miteinander, und trotzdem vermisse ich sie, obwohl ich gerade in ihr bin, und was wissen Sie schon davon, was das für uns beide bedeutet? Ich frage ihn nicht, ich unterschreibe den Antrag und höre mir an, was er sonst noch zu sagen hat: Sie sollten damit rechnen, dass wir das überprüfen und Ihnen früher oder später einen Besuch abstatten.

Zu Hause fange ich damit an, die Requisiten unserer Beziehung zusammenzutragen. Ich lasse die Fotos verschwinden, auf denen wir Kopf an Kopf in die Kamera blicken, als wären wir nie gemeinsam durch Island gereist oder in Palermo gewesen. Ich gehe ins Bad und leere den Wäschesack, ich sortiere meine Dreckwäsche aus, weil ich gehört habe, dass sie immer zuerst nach der Schmutzwäsche sehen, die in WGs getrennt aufbewahrt wird. Ich hole ein Glas aus der Küche, stelle meine Zahnbürste hinein, schreibe *Zahnpasta* auf die Einkaufsliste am Kühlschrank und nehme den alten, schon etwas ranzig gewordenen Zettel ab, auf den sie mit Lippenstift einen Kuss gedrückt hat. Ich räume die Lebensmittel im Kühlschrank in jeweils zwei Fächer: Sie bekommt die Marmelade, die Butter, ich nehme die Margarine, den Käse, und als Nächstes spüle ich ein altes Joghurtglas aus und klebe ein Pflaster darauf, auf das ich *WG-KASSE* schreibe. Ich mache mir ein Bett auf der Couch, hole mein Kissen aus dem Schlafzimmer, das ab sofort ihr Zimmer ist, und trage die Einzelteile meines alten Schranks aus dem Keller, wo ich sie untergebracht habe, als wir zusammengezogen sind. Mein alter Schrank, der ab sofort mein neuer Schrank ist, im alten Arbeitszimmer, das jetzt WG-Zimmer wird.

Was ist passiert? fragt meine Freundin am Abend. Sie kommt aus München zurück, sie hat das Gespräch geführt, das alles verändern soll: Es war gut, sagt sie, und ich verspreche ihr, dass daraus etwa wird. Was hast du gemacht? fragt sie, und dann führe ich sie durch die Zimmer und zeige ihr, was ich verändert habe. Bloß provisorisch, bloß für das Amt. Bald sind wir hier weg. Dann macht es keinen Unterschied mehr, und bis dahin spielen wir eben: Trennung und Schein-Nichtbeziehung, was nicht gegen, sondern *für* die Beziehung spricht! Meine Freundin nickt, auch sie kennt das Wort, *Bedarfsgemeinschaft*, und sie will nicht, dass wir so etwas sind.

Es folgt eine Zeit, in der sich alles noch einmal nach Anfang anfühlt: als würden wir uns gerade erst kennenlernen. Sie heftet Fotos aus einem Kalender an die leeren Wände des Schlafzimmers, stellt ein Bild ihrer Nichte auf die Kommode und ein Foto ihres Exfreundes daneben, das sie umkippt, wenn es Abend wird und ich mich zu ihr lege. Darf ich bleiben? frage ich, und sie nickt, wir erzählen noch lange, und manchmal sehen wir uns alte Fotos an. Wir betrachten sie wie etwas, das immer noch vor uns liegt, wir freuen uns darauf, gemeinsam durch

Island zu fahren, zusammen in Palermo zu sein, und im blauen Laptoplicht der gemeinsamen Zukunft, die wir uns ausmalen, finde ich meine Freundin sehr schön. Lass uns fahren, am besten gleich morgen! Alles scheint möglich, und nicht einmal das Jobcenter gibt es, bei dem ich mich abmelden müsste.

Einmal bringt sie eine Flagge aus dem Weltladen mit, in den Farben des Regenbogens, und in der Mitte steht *PACE*. Gab's leider nicht ohne, sagt meine Freundin und schneidet einen Kreis um die Schrift. Mit dem Loch in der Mitte hängt sie die Flagge auf den Balkon. Sie befestigt sie zwischen den Streben, und durch das Loch kann ich den Stacheldraht sehen. Jetzt sind wir ein Freundespaar in einer Homo-WG. Funktioniert andersrum doch auch, sagt sie: ein schwuler Mann und eine lesbische Frau, die eine Scheinbeziehung eingehen, in Zeiten der Homophobie! *It's a queer, queer world, Aladdin!* Und wenn sie uns fragen, ob wir wirklich kein Paar sein wollen, verklagen wir sie wegen Diskriminierung! Sie grinst und umarmt mich. Dann wird sie plötzlich ernst: Manchmal bin ich ganz schön einsam mit dir. Ich halte sie fest, und vielleicht glaube ich in diesem Moment wirklich daran: An unsere Schein-Nichtbeziehung im Zeichen des Regenbogens, der doppelten Verneinung unseres löchrigen Neuanfangs.

Sie nimmt Urlaub, den sie vor der Kündigung aufbrauchen will, und weil ich die Stadt nicht verlassen darf, fahren wir jeden Tag an den See. Das Wetter ist herbstlich geworden. Sie hat sich in eine Decke gewickelt, während ich damit kämpfe, gegen den Wind eine Zeitung zu lesen. Ihr nackter Fuß schaufelt Sand auf mein Bein. Ich lege die Zeitung weg, und dann starren wir gemeinsam aufs Wasser, das sich kräuselt und grau wie der Himmel ist. Ein paar Boote mit weißen Segeln kreuzen gegen den Wind, und am anderen Ufer sind die Türme des Kraftwerks und die Pyramide zu erkennen, die am Eingang zum Freizeitpark steht. Fast wie am Meer, sagt meine Freundin, und wir malen uns aus, wie es jetzt in Sizilien wäre, wo wir ein Auto mieten und in die Berge fahren würden.

Das waren die schönsten drei Tage: als wir dem Strand den Rücken gekehrt haben und in die Dörfer der Madonie gefahren sind. Auf Serpentinen die Hänge hinauf, vorbei an Häusern aus dunklen Steinen, die wie Vogelnester in die Felsen gebaut waren. Am Morgen lag noch Nebel im Tal, und von dort oben sah es aus, als hätte über Nacht in den Wäldern ein Feuer gebrannt, das die Stämme der Korkeichen abgeschält hatte. Sie kann sich nicht an den Ausblick erinnern. Nur daran, dass ihr tagelang schlecht war. Drei Tage, die sie hinter dem Steuer saß, weil die Kurven ihr dann nicht so viel ausmachten, und schließlich einigten wir uns auf das Ende der Fahrt: auf den Nachmittag in Castelbuono, auf der Piazza, wo wir stundenlang gegen ihre Übelkeit anaßen, Cannoli und Cassata, Pistazieneis und Zitronenkuchen, bevor wir zurückfuhren, den Wagen abgaben, uns an den Strand setzten und den meterhohen Wellen beim Brechen zusahen. Die rote Fahne wehte am Strand, niemand war im Wasser, und hinter uns, auf der Strandpromenade, die einem Bazar glich, packten die Händler ihre Stände zusammen. Bei Sturm verkauften sie nichts. Es waren die richtigen Tage gewesen, um in die Berge zu fahren, und wir waren froh, dass Cefalù an der Nordküste lag, wo wir vor den Bildern in Sicherheit waren, die mit den kenternden Booten ans Ufer gelangten.

Wir kehrten in die Ferienwohnung zurück, die klein und billig war und nicht einmal einen Fernseher hatte, und die *Boatpeople* wurden erst am nächsten Morgen an die Küste gespült, von der Landseite und mit den Zügen, die aus den östlichen Vorstädten anrollten. Die Händler stiegen aus den Waggons, Maghrebiner und Schwarzafrikaner, bepackt mit Schlauchbooten, Bauchläden und Trauben von Badelatschen. Zwischen ihnen schlängelten sich asiatische Frauen hindurch, die am Strand *massagio, massagio* für *solo cinque euro!* anboten, und als wir einstiegen, hatten wir den Zug fast für uns. Wir fuhren nach Palermo, und am Mittag, als es sintflutartig zu schütten begann und wir uns in den Dom flüchteten, um das Grab Friedrichs des II. zu suchen, müssen sie auch auf der Strandpromenade bis zu den Knöcheln im Wasser gestanden haben.

FÜNFZEHN

Ich traue den Bildern nicht mehr, seit ich sie selbst nachgestellt habe. Der Wind greift in die Seiten der Zeitung, sie treibt aufs Wasser, wo sie sich vollsaugt, sich auflöst und zu Fischfutter wird. Im Feuilleton sind die Bilder zweier Frauen zu sehen, israelische Soldatinnen, die sich gegenseitig Verletzungen schminken. Die Fotos sollen an einem Filmset entstanden sein, und der Artikel berichtet darüber, wie die Hamas mit den Bildern Propaganda betreibt. Der Entstehungskontext wird verschleiert, zur Inszenierung der Inszenierung des Leids, und ich muss an Youssef denken und an die Bilder, die ich heute von ihm hochladen könnte, wäre Fotografieren im Dorf nicht verboten gewesen. Der Supervisor wäre darauf zu sehen, wie er ihm einen Turban aus Mullbinden wickelt, und das Blut darauf wäre so unecht wie der Beweis, dass jedes Kriegsopfer ein Schauspieler ist.

Dann wieder die Fotos, von denen es heißt, dass sie das Tagesgeschehen in Gaza abbilden. Andere sagen, dass sie schon zwei Jahre alt sind und nicht aus Gaza, sondern aus Syrien stammen: Es seien syrische Tote, die vor zerschossenen syrischen Häusern liegen, auch wenn in der Bildunterschrift Gaza steht, es macht keinen Unterschied, welche Ruinen es sind und wie lange sie schon in der Sonne liegen, zwei Tage lang oder zwei Jahre, denn auf den Bildern verwesen sie nicht. Es sind immer die gleichen Geschichten, die man sich erzählt: aus Bagdad, Grosny, Kabul, Aleppo, es sind immer die gleichen Bilder, vielleicht sogar dieselben, vor ununterscheidbaren Kulissen, und nur die Statisten in den orangefarbenen Overalls haben die Namen gewechselt. Sie heißen jetzt James und Hervé, Steven, Paolo, Edgar, David und Peter, tragen Kapuzen über dem Kopf, und ihr Ertrinken ist simuliert. Echt sind nur noch die Videobilder, auf denen sie in roter Erde knien, zu Füßen eines Mannes in Schwarz, der mit britischem Akzent in die Kamera spricht oder den Zusatz *al-Almani* im Namen trägt. Ein bärtiger Kreuzfahrer, der sich als Muslim ausgibt und auf dem Weg ins Paradies in einen Kreisverkehr fährt, wo er den Blinker setzt und schließlich den Zünder zieht.

Wir wollen nicht, dass aus Deutschland der Tod in den Irak gebracht wird, sagt der Bundesinnenminister. Der Tod darf das Land nicht verlassen, er erhält Ausreiseverbot und muss seinen Pass abgeben, und in Köln, wo es vor zehn Jahren Nägel geregnet hat, treten Nazis gemeinsam mit Hooligans an, in Sorge um ihr Gewaltmonopol, für eine Terror-Exportsicherung.

In Schkeuditz hebt eine Antonow ab, die *Schutzwesten, Geräte zur Minensuche und Munitionsbe-*

seitigung ins Kurdengebiet liefert. Über Waffenlieferungen wird noch diskutiert, und in Erbil und Kobanē (mit langem E, vom deutschen Wort *Kompanie*) schießen die Kurden mit Katjuscha-Raketen. Sie fahren russische Panzer, die Islamisten kurven mit Humvees herum, sie posten Bilder von Panzerabwehrraketen, auf denen man deutsche Schriftzüge sieht. Mit den westlichen Waffen, die in Afghanistan für Sicherheit sorgen sollten, sichern die Taliban ihr Einflussgebiet. Im Rückblick müssten die Taliban *beinahe zivilisiert* genannt werden, meint einer der Kommentatoren – Gentlemen-Terroristen, wenn der IS sie nicht als Söldner verdingt. Manche machen dort Karriere als *Supervisoren*: Taliban-Veteranen, die ihr Wissen aus echten Einsätzen einfließen lassen. Die Schlüsselrollen werden immer mit Afghanen besetzt, und auch die Balkankämpfer sind gerne gesehen, mit jahrelanger Erfahrung aus Krisengebieten. Mit den Balkankriegen fing alles an, als die Nato-Streitkräfte bosnische Flüchtlinge einfliegen ließen, um die Truppen noch vor ihrem Einsatz auf die Statisten des Krieges treffen zu lassen. Aladdin, der damals noch anders hieß, sollte seine Traumata nachspielen, und jetzt nimmt er den Weg in die andere Richtung: in blumengeschmückten Waggons, auf der alten Strecke der Berlin-Bagdad-Bahn, unter dem Deckmantel seiner Kunya, eines arabischen Kampfnamens, der verschleiert, dass er eigentlich Deutscher ist. Die Europäer, sagt der Sprecher der irakischen Streitkräfte, seien *brutaler als die Araber*, und ich wage es nicht, mir auf Youtube die IS-Videos anzusehen, aus Angst, ein Gesicht zu erkennen.

Von der Firma bekamen wir 90 Dollar am Tag. Der IS soll dasselbe bezahlen, und auch die Söldner des Kalifats entrichten Sozialabgaben. Den Hinterbliebenen steht eine Rente zu, und ich bin mir sicher: Man kann sich den Rest-Fronturlaub eines Märtyrers auszahlen lassen. Wer noch am Leben ist, bekommt drei Mahlzeiten am Tag. Auf den Feldrationen steht immer *halal*, man erhält einen Schlafplatz in einem der Dörfer, einen Dienstgrad und eine Aufgabe. Die Provinzen betreiben Länderfinanzausgleich, und willkommen ist jeder, der lesen und schreiben oder bei Google nachschlagen kann, wie man alte Autobatterien zu einer Rakete recycelt. Die Diensthandys stellt der IS, in den Propagandazentren erhält man ein Hardwarepaket, während wir alles abgeben mussten, was einen Stromanschluss hatte, um im Dorf einen analogen Krieg nachzustellen. Die Taliban seien *eine Bande von Hinterwäldlern*, und die Männer des *Steinzeit-Islam* jagen ihre Bilder durchs Netz, auf denen man Menschen beim Sterben zusehen kann. In Echtzeit, *real death* in *real time*, der Tod ist ein Kinderspiel, nur die Bilder lassen sich nicht mehr auslöschen, tausendfach verlinkt und kopiert. Die Bildgewalt gewalttätiger Bilder, und wie hilflos wirkt die Pose des Reporters dagegen, der dem Geschehen den Rücken zuwendet und zum eigenen Statisten geworden ist: in seinem Aramidfaser-Kostüm, mit Helm und Splitterschutzweste vor dem immergleichen Hintergrundrauschen, das weit entfernt wie Feuerwerk klingt, ein schwarzes Nichts von der *blue screen of death, blue screen of doom*, aus der *Green Zone* berichtet er vom Systemabsturz, aus dem *Green Room*, der hinter der Bühne liegt, und die Bilder sind bloß grüne Schlieren. Der Blick durch ein Nachtsichtgerät, dazu Sätze, die man auswendig kennt (irgendwo wird wieder geschossen, jemand hat eine Bombe gezündet, es sind Menschen ums Leben gekommen), die wie das Versprechen klingen, dass sich alles nur im Fernsehen abspielt.

Wann klopft der Krieg auch bei uns an die Tür? schreibt die Lokalpresse. Es tauchen Bilder aus einer Kaserne auf, wo Menschen gefesselt am Boden liegen. Ein Flüchtlingsheim im Siegerland, Verliererland ist abgebrannt, und wie ein Käfer liegt der Mann auf dem Boden, den Schuh eines Wachmanns in den Nacken gedrückt: *Chasing Refugees* brüllt das Bild durch die Flüstertüte – *in der englischen und französischen Sprache hat sich die lateinische Stammform refugere stärker bewahrt*, während *Refugium* hier nicht mehr geläufig ist. Der Wachmann ist kein Humanist, auch wenn er sich an Cicero hält: *inter arma enim silent leges*, dem Land fehle das Geld für Personal, und eine Spielbank, die sich aus Landesmitteln finanziert, verkauft zwei Warhol-Siebdrucke, *Triple Elvis, Four Marlons*, die nicht das Land, sondern die Spielbank sanieren.

Darf ich reinkommen? fragt der Krieg in der offenen Tür, ganz alte Schule, Gentleman. Er lässt sich erst bitten, über die Schwelle zu treten, und auf dem Marktplatz steht er plötzlich neben mir, zwischen den Ständen des Wochenmarkts, als ich den Bildern nicht trauen will, die sich vor mir aufgebaut haben. Gemeinsam sehen wir uns eine Hinrichtung an, der Krieg und ich, er kommt in Zivil, trägt einen Anzug und einen Mantel darüber, der schon ein bisschen verschossen ist. Was passiert da? fragt er, und auch ich weiß keine Antwort darauf, schließlich sind wir beide zufällig hier. Ich habe Passfotos machen lassen, biometrische, die ich noch in der Hand halte, und gemeinsam mit dem Krieg, der angenehm zurückhaltend ist und ein sehr gepflegtes Deutsch mit mir spricht – schöne Stadt haben Sie da, viel unzerstörte Bausubstanz, bemerkenswerte Gründerzeitviertel! –, sehe ich mir eine Enthauptung an, die sich vor der Renaissance-Kulisse des Alten Rathauses am Marktplatz abspielt. Die Klinge saust durch die Luft. Ein Schrei wird laut, und als ein Raunen durch die Menge geht, sehe ich nicht hin. Ich versuche, die Inschrift am Rathaus zu entziffern. Der Krieg liest sie mir vor, er kennt sie gut, denn er hat sie verschont: WO DER HERR DIE STADT NICHT BEWACHET SO WACHET DER WÄCHTER UMSONST DES HERRN NAHME SEY GEBENEDEYET EWIGLICH AMEN, und weil der Herr einen Moment lang nicht aufgepasst hat, halten die selbsternannten Wächter der Stadt ein schwarzes Transparent in die Höhe. Ich kann die Schrift nicht lesen. Ist das Arabisch? Der Krieg nickt, er übersetzt, denn er beherrscht alle Sprachen: *Wir sind die Bezwinger Deutschlands,*

Europas und der ganzen Welt. Einer der Männer hat eine Sturmhaube auf, zwei weitere sind in schwarze Tücher gehüllt, und ein Vierter liegt auf dem Boden, einen Schuh in den Nacken gedrückt. Ein orangeroter See breitet sich unter ihm aus, und die Leute machen Fotos davon. Neben mir fährt der Krieg mit der Hand durch die Luft. Ist falsch herum geschrieben, sagt er: von links nach rechts. Sein Finger fährt die Schriftzeichen nach, er stoppt am rechten Rand, wo sich der Autor entlarvt – alter Bekannter, sagt der Krieg, einfach nicht totzukriegen. *Bezwinger Deutschlands, Europas und der ganzen Welt* – hat es alles schon einmal gegeben, und auch die Sache mit der Angst sei nicht neu: Menschen wie Käfer behandeln, das hat schon mal ganz gut funktioniert, auch wenn das Feindbild jetzt ein anderes ist. Ich muss husten und protestiere: Das kann man ja wohl nicht vergleichen! Ich meine ja nur, sagt der Krieg. Dass es nachher nicht wieder heißt, ich sei nicht eingeladen gewesen. Er fingert ein Papier aus der Tasche. Es ist ganz zerknittert, in Frakturschrift beschrieben: Ich bin mit Visum hier, ganz regulär!

Zwei Polizisten nähern sich der Gruppe. Der Tote springt auf, und Kunstblut läuft an ihm herab. Die Bezwinger der Welt laufen davon, und er hinterher, *Special Effects*, sagt der Krieg, man muss den Leuten schon etwas bieten! Und dann ist auch er weg, und ich wundere mich nicht, weil das schließlich zu seinem Handwerk gehört: Dinge und Menschen verschwinden zu lassen.

Auch andere stehen gleich wieder auf. Sie kommen zurück, wie Rehana, die schöne Kurdin im Kampfanzug, deren Name wie der einer Popsängerin klingt. In den Zeitungen wird sie *Postergirl des Widerstands* genannt, und das Netz ist voll von ihren Bildern, dem *Engel von Kobanê* gewidmet, seit es heißt, dass die Milizen Rehana enthauptet haben. Die Legende von ihrem Märtyrertod führt im Netz längst ein eigenes Leben. Sie geistert durch die Foren, ihr Bild ist zur Ikone geworden, und niemand stört sich daran, dass ihre Freunde sich gemeldet haben, die behaupten, dass Rehana noch lebe.

Andere sind nur noch auf den Bildern lebendig: ein Soldat aus Petersburg, der im Zinksarg zurückgekommen ist und bei Facebook wiederauferstehen muss, weil der Krieg, in dem er kämpfte, nicht existiert. Die Schlacht findet im Nachbarland statt, und weil er dort nicht gestorben sein darf, löscht man das Datum seiner Beerdigung, das seine Frau bei Facebook veröffentlicht hat. Beigesetzt wird er trotzdem, in einem nichtleeren Sarg, Journalisten fotografieren sein Grab, es liegt auf einer Wiese, die kurzerhand zum Friedhof erklärt worden ist. Auf dem richtigen Friedhof ist kein Platz mehr gewesen – für einen Nichttoten, der einem Nichtkrieg zum Opfer gefallen ist. *Bei uns sind alle am Leben und gesund*, sagt der Kommandeur, und in den Geschichten, die plötzlich bei Facebook auftauchen, sind sie wieder vereint: die Nichtwitwe und der Soldat, der in der doppelten Verneinung ein ewiges Leben führen darf.

Sogar die Städte verschwinden, damit man sie nicht mehr zerstören kann. Wenn man dort hinfährt, sind von den Häusern bloß Stümpfe geblieben, Orte, die wie gerodete Wälder aus einer dampfenden Landschaft ragen. Auf dem Papier aber herrscht immer noch Frieden, und als ein anderer Soldat im Zinksarg nach Hause kommt, steht auf seinem Totenschein ein Ort, der geschwärzt worden ist. Seitdem wird der Junge vermisst: Wie soll er gestorben sein, fragt seine Mutter, wo er niemals gewesen ist, in der Hauptstadt einer Volksrepublik, die nur auf dem Papier existiert, einer Geisterstadt, in der alle Fabriken stillstehen. Die Geschäfte sind geschlossen, in den Restaurants kocht niemand mehr, im Theater wird nicht mehr gespielt, und die Tresore der Banken sind leer. Den Hochschulen fehlt es an Studenten, weil die Jugend lieber online studiert, als in einem Land ihren Abschluss zu machen, das vom Ausland nicht anerkannt wird. Ich muss an Ibrahim denken, der jeden Sommer ins Dorf zurückkehrte, und auch im Donbass soll es Männer aus dem Nachbarland geben, die keine Soldaten sind und dort nur ihren Urlaub verbringen. In den Geschichtsbüchern wird an Legenden gefeilt, und niemand, sagt eine Anwohnerin, habe sich noch vor einem Jahr vorstellen können, dass hier einmal so etwas geschieht. Sie will es noch immer nicht glauben, obwohl sie es jeden Tag sieht, und wenn es dort möglich ist, wieso nicht auch hier?

Ich traue den Bildern nicht mehr, dem Summen der Frontliteratur, *in Twittergewittern*, wenn in *real time* darüber berichtet wird, wie sich alle Grenzen verschieben. *Wenn du es benennst, gehört es dir* – wir aber möchten nicht, dass es uns gehört, und sind überrascht, wenn es trotzdem passiert: *Niemand habe das Ausmaß der Krise voraussehen können*, sagt der bayerische Ministerpräsident. Im Bayrischen Fernsehen wiederholt ein Reporter diesen Satz, den er als Zitat auszuweisen vergisst, und auch die Bilder zitieren sich selbst. In der Hauptstadt der Volksrepublik wird ein Aufmarsch von Kriegsgefangenen inszeniert, der an einen Gefangenenzug deutscher Soldaten erinnert, in Moskau vor siebzig Jahren, und hinter den Gefangenen fährt heute wie damals ein Straßenkehrwagen. Bajonette sind auf die Männer gerichtet, und manche Blogger behaupten, dass es bloß *verkleidete Separatisten* waren, die sich für die Kameras als ihre eigenen Gefangenen ausgaben.

Ich traue den Bildern nicht mehr, weil Ort und Zeit keine Rolle mehr spielen. Auf dem Gelände der *War and Peace Show* im britischen Kent baut man *The Berlin Wall* wieder auf. Die Statisten tragen NVA-Uniformen, und neben ihnen stehen SS-Männer, die mit Runen und Totenkopf in einem Trabant posieren. *Tear down this wall, Mr. President!* Am deutsch-deutschen Grenzübergang ist die Stimmung gelassen, weil der Draht, der die betongrauen Holzlatten schützt, bloß ein Telefonkabel ist. *Ich finde das jut hier*, sagt ein britischer Fan.

Über den Wehrmachtszelten weht eine Hakenkreuzflagge, und in der Arena schießt der *Vietcong* auf *Uncle Sam.* Das Publikum applaudiert, und im Internet kursieren Verschwörungstheorien zum Absturz der malaysischen Boeing: Der Westen habe das Unglück bloß inszeniert, das Flugzeug selbst abgeschossen und es vorher mit Leichen besetzt, die bei dem Aufprall schon ganz blutleer gewesen seien. Auf der Wiese vor dem Reichstag, die Aktivisten zum Friedhof erklären, werden Gräber ausgehoben und Kreuze gesetzt, mit den Namen der Toten, die in leeren Särgen bestattet werden, weil ihre Leichen auf dem Meeresgrund liegen.

Und dann sehe ich ein Bild, das mich endlich zurückholt. Es nimmt eine ganze Zeitungsseite ein und zeigt eine Reihe von Säulen, die breit und massiv sind und stark genug erscheinen, das Himmelsgewölbe zu tragen. Darüber steht in roter Schrift: *In 209 Jahren wurde unsere Stabilität zwar auf die Probe, aber nie in Frage gestellt.* Ich frage mich, welcher Staat das behaupten kann. Aber es ist kein Staat, der diese Anzeige schaltet, und unten rechts steht ein Firmensignet. Ich kann damit nichts anfangen, ich muss den Namen erst googeln, obwohl ich schon ahne, dass er zu einer Bank gehört.

Irgendwann klingelt das Telefon. Im Display steht eine Nummer, die mit 069 beginnt, der Anruf, auf den ich lange gewartet habe. Kurz überlege ich, ihn einfach wegzudrücken. Man hat immer die Wahl, aber schließlich hebe ich ab – und es ist nur das Forsa-Institut, das ein paar Fragen hat. Zum Ukrainekonflikt, ich kann mit *ja*, *nein* oder *ich weiß nicht* antworten: ob die Interventionen der Bundesregierung ausreichend sind, ob die Sanktionen verstärkt werden sollten, *ja, nein, vielleicht*, man hat immer die Wahl, und am Ende habe ich meistens *ich weiß nicht* gesagt. Ich lege auf, und meine Freundin kommt rein. War es die Zeitung? fragt sie. Also wollen sie dich? Ja, nein, vielleicht! Also: nein. Sie kommt auf mich zu und umarmt mich: diese Idioten! Seit wann rufen sie dafür extra an?

SECHZEHN

Bevor auch ich verschwinde, sehe ich Aladdin noch einmal wieder. Ich komme aus der Innenstadt, überquere die Ringstraße, und an der Ampel entdecke ich ihn. Er muss es sein, wie er den Kopf gesenkt und den Blick auf den Boden gerichtet hält. Er zieht die Knie hoch und hebt seine Füße, um nicht gegen die Schwellen der Gehwegplatten zu treten, und im Dorf schob er den Staub vor sich her. Eine Wolke, in der er verschwand. Seit er wieder zu rauchen begonnen hat, gerät er schnell aus der Puste, aber jetzt ist er schneller als ich. Er scheint ein paar Kilo verloren zu haben. Die Hose schlackert um seine Knie, sie hat einem anderen gehört, und während er läuft, muss er sie festhalten, mit einer Hand am Bund, weil ihm der Gürtel fehlt. Um seine Schultern hängen zwei leere Stoffbeutel, die im Takt seiner Schritte flattern, und als er stehen bleibt und sich eine Zigarette anzündet, studiere ich die Angebote im Fenster des Reisebüros. Berlin – Bangkok für 500 Euro. Eine Kreuzfahrt ins Baltikum, die das Doppelte kostet – *Letzte Chance!* steht darüber, und ich frage mich, ob das eine Anspielung ist auf eine anstehende Eiszeit, mit der eine Reise ins Baltikum schon bald nicht mehr möglich sein wird. Aladdin geht weiter, hinter dem Karaokeclub biegt er rechts ab, und ich beeile mich, um ihn nicht erneut zu verlieren.

Im Osten der Stadt sind die Häuser noch unsaniert, und vor dem Ladencafé, auf das Aladdin zusteuert, steht eine Traube von Menschen. Die meisten rauchen, einige halten ein Bier in der Hand, es sind Junge und Alte, Männer und Frauen in den Rollen von Arbeitslosen, Rentnern, Asylbewerbern, die Körbe, Einkaufstaschen und Trolleys mitgebracht haben. Manche tragen an den Füßen Pantoffeln, andere Badelatschen und haben darin nicht einmal Strümpfe an. Ein paar Mütter pfeifen ihre Kinder zurück, die zu nah an der Straße spielen. Ich dränge mich an ihnen vorbei und gehe durch die Eingangstür, die in einen Warteraum führt. Drinnen ist es voll. Die Wände sind hellgelb gestrichen, es sind Stühle aufgereiht, fast alle davon sind besetzt, und ich frage mich, worauf man hier wartet. Braucht man keine Nummer? frage ich eine Frau, die mit mir hereingekommen ist. Später, sagt sie, ohne mich anzusehen. Sie sucht sich einen Platz, und ich setze mich neben sie.

Aladdin steht noch vor der Tür. Er raucht und unterhält sich, und obwohl er mich gesehen haben muss, scheint er sich nicht an mir zu stören. Vielleicht hat er sich längst an mich gewöhnt, meine Stimme vom Band, auch wenn er mir nie eine Antwort gibt. Mir gegenüber sitzt eine Frau, die einen kurzen Rock trägt und ihre Knie mit einer gefalteten Plastiktüte bedeckt. Der Alte zu meiner Rechten riecht stark nach Rasierwasser. Er beugt sich vor, um sich ein Blatt von seiner Anzughose zu zupfen, und dabei rollt ihm der Hut vom Schoß. Ich fange ihn auf, gebe ihn zurück, und er klopft den Hut ab und sieht mich vorwurfsvoll an. Worauf warten wir eigentlich? frage ich ihn. Woher soll ich das wissen? raunzt er zurück. Das weiß man doch immer erst hinterher! Er sieht mich an: Du kommst nicht von hier. Doch, sage ich, obwohl ich ahne, dass sein *hier* nicht in der Gegenwart liegt. Es liegt an einem Ort, wo man immer erst hinterher weiß, dass alles wiederkehrt, und das Warten, sagt er, das Schlangestehen haben sie schließlich schon damals geübt. Seitdem hat sich nicht viel verändert: Für ihn ist alles beim Alten, und auch damals gab es manchmal Orangen. Nur dass das dann wie Weihnachten war, und nicht wie heute, wo man sich nicht mehr drüber freuen kann. Das ist alles, der einzige Unterschied!

Er starrt auf die Tür, die zum Nebenraum führt. Irgendwann dreht sich ein Schlüssel im Schloss, die Tür öffnet sich, und ein Mann tritt heraus, der eine Kasse auf den Tisch stellt, und eine Schüssel, gefüllt mit Zetteln, die ein paar Mal gefaltet sind. Kann losgehen! sagt er, worauf sich ein paar Leute ergeben. Sie stellen sich in einer Reihe auf, aber niemand scheint es eilig zu haben. Der Alte bleibt sitzen, und die Raucher kommen nicht mal herein. Nicht drängeln! sagt der Mann mit den Losen, jeder kommt dran! Er scheint Sinn für Humor zu haben, und als ich an der Reihe bin, steht plötzlich ein Mädchen vor mir. Darf ich? Darf ich? ruft es und zerrt an meinem Ärmel. Es streckt seine Hand aus: Macht ein Euro, Mann! sagt es, und ich gebe ihm ein Zwei-Euro-Stück. Das Mädchen wirft das Geld in die Kasse, es zieht ein Los aus der Schüssel. Hier! Ist ein Gutes! sagt es und hält es mir hin. In meinem Rücken ruft der Alte: Bring mir eins mit! Ich drehe mich um, sehe den Mann hinter dem Tisch an, er nickt. Macht ein Euro! sagt das Mädchen. Ich hab schon für zwei bezahlt, sage ich, aber sie hat die Hand bereits ausgestreckt. Dann zieht es erneut, und ich frage mich, wie alt sie wohl sein mag, vielleicht sieben Jahre alt oder auch acht. Gib mir das da! sagt der Alte, als ich zurück bin. Er greift nach einem der beiden Lose und faltet es auf, sieht es sich an und wirft es zurück auf meinen Schoß. Ich wollte das andere! sagt er, also tauschen wir, und schließlich habe ich die Zweiundvierzig, während auf seinem Zettel die Fünfzehn steht.

Wieder steht das Mädchen vor mir. Es läuft reihum und zeigt jedem, welches Los es gezogen hat. Was steht bei dir? fragt es. Und dann: Ist das besser als ich? Es hat die Sechzig und sucht jemanden, der mit ihm tauschen will. Was hast du? fragt es mich. Ist das besser? Ich nicke. Es blickt zu der Frau, die neben mir sitzt. Ein bisschen, sagt sie, und das Mädchen ruft: Tauschst du mit mir? Ist sowieso meiner, hab ich ja gezogen! Es greift nach meinem Zettel und gibt mir dafür seinen. Kannst du haben, sagt es. Sehr großzügig! bedanke ich mich, aber da hört es mir schon nicht mehr zu, es steht schon vor dem Alten und fragt: Tauschst du mit mir? Geh weiter, ich tausche mit niemandem! zischt er sie an. Sie stößt einen Schwall Worte aus, die ich nicht verstehe, es klingt wie ein Fluch, jajaja, sagt der Alte, sieh zu, dass du Land gewinnst!

Das Mädchen läuft nach draußen. Die ersten Nummern werden aufgerufen, und ein paar Leute raffen ihre Körbe und Taschen zusammen. Durch einen Spalt in der Tür kann ich einen Tresen sehen. Dahinter Lebensmittel, Regale mit Brot, Kisten voller Gemüse und zwei große Kühlschränke mit gläsernen Türen. Langsam dämmert mir, wo ich gelandet bin: bei der Tafel, im *Real Life* für Arme, die hier Supermarkt spielen, mit echten Lebensmitteln für echtes Geld, auch wenn der Preis dafür eher symbolisch ist. Wozu die Lose? frage ich meine Sitznachbarin. Sie sieht mich an wie jemanden, der schwer von Begriff ist: weil manche sonst schon morgens hier stehen. War früher so, sagt sie. Als man stundenlang vor der verschlossenen Tür warten musste, um nicht als Letzter an die Reihe zu kommen. Wer als Letzter dran war, kriegte bloß noch die vergammelten Sachen. Blühenden Brokkoli, Paprika, die voller Druckstellen waren, oder Zucchini, so bitter und aufgebläht, dass man sie dick abschälen musste. Käse gab es gar nicht mehr, *halal* konnte man gleich vergessen, ganz zu schweigen davon, wenn man Kinder hatte, die ab und zu auch mal was

Süßes wollen. Wie soll das gehen? fragt sie. Stundenlang warten? Wenn man Kinder und Arbeit und Deutschkurs hat? Sie zeigt mir ihren Zettel mit der Zweiundzwanzig: Diesmal hat sie Glück gehabt. Ist gerechter, mit Glück als mit Warten.

Als die Nummern von elf bis zwanzig dran sind, legt der Alte die Hand auf meine Schulter und stemmt sich hoch. Er setzt seinen Hut auf, geht es? frage ich, und er winkt ab. Als er durch die Tür ist, springt das Mädchen auf seinen Platz. Es kniet sich hin und stützt sich mit den Händen auf meinem Schoß ab, auf das Buch, das aufgeschlagen auf meinen Beinen liegt. Warum stellt der dir so viele Fragen? fragt es die Frau. Die Frau neben mir zuckt die Schultern: Ich glaube, der ist zum ersten Mal hier. Das Mädchen lehnt sich zurück, es hält den Kopf schräg und zieht die Nase kraus: Bist du noch nicht lange in Deutschland? Als ich antworte, dass ich hier geboren bin, tippt es sich an die Stirn. Es hält mir seinen Zettel hin: Tauschst du mit mir? Die Neunundfünfzig steht darauf. Wo hast du das denn her? Von draußen! sagt es und zeigt auf Aladdin. Die Frau sagt: Hol dir lieber dein Altes zurück! Das Mädchen klettert vom Stuhl, dann ist es weg und ich suche nach der Seite, die es zugeklappt hat.

… das Kind sank wahrheitsgetreu in den eckigen Knien zusammen, kugelte seitwärts zur Erde, zuckte und legte sich hin. Die Revolvertruppe zog wieder ab und ließ nun zwei Wächter zurück, die sich hoch auf

der Schlucht postierten. »Bon jour«, sagte Aladin laut und dann erst Guten Tag, als er am Eingang stand. Die Buben sahen ihn an und stoben eilig davon, der Tote rührte sich nicht. »Brav! Brav!«, nickte Aladin, von wilder Freude erfüllt, und starrte besessen hin.

Ich hole mein Notizbuch heraus und schreibe eine Passage ab:

Er verlor sich, es kamen andere Gespenster, schal wie verschüttetes Bier, und brachten den Duft ihrer Taten mit ... Dahinter tauchte unter dem Helm das Antlitz des Krieges auf, das Antlitz aller Kriege; seine haarige Brust, bald im Ringelpanzer, bald im Waffenrock; seine Arme und Beine, dürr, aber kräftig, und gewohnt, ihre Beute festzuhalten, komme, was kommen mag ... Auch ein paar Junge waren – unwirklich wirklich – darunter. Sie hielten ihren Kopf in den Händen und drehten ihn wie eine Kegelkugel bedächtig hin und her. Um jeden dieser Köpfe lag eine weiße Binde, unter welcher das Blut verquoll und immer in gleichem Abstand auf die hölzernen Dielen klopfte. Dieses Geräusch, ganz regelmäßig, war das einzige, was die Zeit maß – sonst gab es nichts: keine Sanduhr und keinen Tageskalender.

Aladdin steht am Eingang, er wirft die Zigarette auf den Boden, wo die Glut wilde Funken sprüht. Das Mädchen kommt wieder herein: Was schreibst du da? will es wissen und ruft: Ich weiß, wie man das nennt, was du bist! Ein Journalist! Ich muss lachen.

Das Mädchen hüpft auf und ab, es zieht sein Handy aus der Jackentasche und macht ein Foto von mir. Bekommst du Geld dafür, dass du das schreibst? Es beugt sich über mein Notizbuch, um die Sätze zu lesen, und muss den Kopf schräg halten. Nein, kein Geld, sage ich. Wo steht was von Aala? will es wissen. Wo steht was über mich? *Aladin*, liest es und ruft: Frag mich was! Frag mich, wie mein Leben ist! Frag mich, wovor ich Angst habe! Ich bin eine Ninja! Ich habe vor nichts Angst! Es streckt die Handflächen aus und macht ein paar Bewegungen, die nach einem Tanz aussehen. Dann tippt es in mein Notizbuch: Schreib, dass ich später einen Beruf haben will, für den ich auch Geld kriege! Ist notiert, sage ich. Es greift nach meiner Hand und spricht in den Stift: Ich will mal Klägerin werden. Wie meine Mutter, die auch Klägerin ist! Aber doch nicht hier, sagt meine Sitznachbarin. Nee, sagt Aala, hier ist sie Deutschlehrerin! Die Frau lehnt sich zurück: Wir besuchen denselben Deutschkurs, Aalas Mutter und ich. Ich sage: Sie sprechen sehr gut! Du aber auch! ruft Aala und diktiert mir, was ich schreiben soll: Ihre Mutter hat in Deutsch eine Eins gekriegt! Und was hast du bekommen? fragt die Frau. Aala kramt einen Zettel aus ihrer Hosentasche. Achtundzwanzig. Das ist gut! Aala strahlt. Dann werden sie aufgerufen, die Zahlen bis dreißig. Komm, Aala! sagt die Frau und verabschiedet sich.

Aladdin steht immer noch draußen. Er unterhält sich mit jemandem, der die Hand auf seine Schulter gelegt hat. Die Haut auf dem Handrücken des Mannes ist vernarbt, als hätte er sie in flüssiges Fett gesteckt. Manche sollen das machen: ihre Fingerabdrücke frittieren, damit man sie nicht mehr zurückschicken kann. Nach Bulgarien, wo sie über die Zäune geklettert sind, oder in die Gebiete der Taliban, von denen es heißt, dass sie den Menschen die Finger abnehmen, wenn daran noch die Tinte aus dem Wahllokal klebt. Man hat doch immer die Wahl, Aladdin, und jetzt spuckt er aus, und ich sehe, wie der andere ihm etwas zwischen die Finger drückt. Ein weißes Päckchen, das Aladdin in seiner Tasche verschwinden lässt. Er dreht sich weg und stößt die Tür auf, um mit großen Schritten durch den Wartesaal zur Toilette zu gehen. Ich sehe hinter ihm her, und schließlich gehe ich nach draußen und stelle mich neben den Mann, mit dem er gesprochen hat. Hast du mal Feuer? frage ich ihn und biete ihm eine Zigarette an. Im Lichtschein der Flamme sieht die Haut auf seinem Handrücken geschmolzen aus. Ich sauge den Rauch ein und frage, was da passiert ist. Arbeitsunfall, antwortet er, und ich erkenne die Stimme, die zu Samir gehört. Aladdin! sagt er und raucht mit mir, und als ich ihn frage, ob die Hand noch Probleme macht, schüttelt er den Kopf: Nicht die Hand, sagt er. Nur, dass er zu viel Zeit zum Nachdenken hat.

Samir war einer der fünf, die sie ins Gefängnis gesteckt hatten. Er spielte Carjacker, er beteuerte, dass er unschuldig war, und was dann passierte, wiederholt sich seither jede Nacht: Dann war er wieder zurück in der Zelle, ans Bett gefesselt, wo er im Flutlicht lag und das Rattern der Schlagstöcke hörte, die am Gitter auf und ab geführt wurden. Dann probte er noch einmal den Ausbruch, und jede Nacht misslang ihm die Flucht in den Schlaf. Niemand, sagt er, hat uns davor gewarnt: wie elend es sei, aus diesem Albtraum wieder erwachen zu müssen. Er hebt die Hand: Abbrechen gilt nicht, ich muss wieder hin. Er hat sich beworben, um ihnen doch noch zu entkommen, er glaubt an Konfrontationstherapie. Ich nicke und behalte für mich, dass er seit seinem Unfall, der vielleicht keiner war, auf der schwarzen Liste der Firma stehen muss und man ihn nicht wieder einladen wird.

Ich wünsche ihm viel Glück und sehe nach drinnen, wo Aladdin wieder aufgetaucht ist. Er hat sich auf meinen Platz gesetzt. Und was ist mit dem? frage ich. Was soll mit ihm sein? fragt Samir und folgt meinem Blick. Du hast ihm doch etwas gegeben? Was zum Schlafen? Oder was Stärkeres? Er soll früher ein Fixer gewesen sein. Samir zieht die Schultern hoch. Keine Ahnung, sagt er. Der hat mich eben erst angequatscht. Ich weiß nicht, was der früher gemacht hat. Er zieht sein Los aus der Tasche, auf dem die Zweiundvierzig steht. Wir haben getauscht. Seine Nummer war besser als meine, und dafür hat er Kippen gekriegt.

Dann ist Samir an der Reihe, Aladdin bleibt sitzen, und als auch wir drankommen, stehe ich hinter ihm. Ich habe die Sechzig, ich bin der Letzte in der Schlange, Aladdins Schatten, der seinen Bewegungen folgt, kleine Schritte, und hinter ihm langsam zum Tresen geht, wo die Achtundfünfzig gerade zu feilschen beginnt: Er will mehr haben, als die Frau hinter dem Tresen ihm gibt. Joghurt und Käse will er. Sie sagt: Kann ich mir nicht aus den Rippen schneiden. Er gibt ihr die Gurke zurück, deren Ende bereits abgeschnitten ist. Sie soll sie gegen eine Dose Tomaten umtauschen, er will Schokolade, aber die hat sie nicht mehr. Als er fertig ist, schiebt Aladdin sein Los über den Tresen. Er nimmt wortlos entgegen, was sie ihm gibt, und erst jetzt bemerke ich, wie sehr er stinkt. Nach Alkohol, und zwar so stark, dass der Geruch des überreifen Gemüses, der geplatzten Früchte und des trockenen Brots darunter verschwindet. Verstohlen halte ich mir eine Hand vor die Nase, aber er beachtet mich gar nicht, er hat nur Augen für die Frau, die ihn bedient. Sie ist blond, trägt kurzes Haar und hat einen üppigen Busen. Sie ist bestimmt Anfang fünfzig, aber vielleicht ist sie wirklich sein Typ. Die Frau lächelt zurück. Sie zieht eine Tafel Schokolade unter dem Tresen hervor, für Ihre Tochter, sagt sie, und Aladdin freut sich darüber. Im selben Moment beginnt sein Handy zu klingen. Es ist mein Klingelton, ich erkenne ihn wieder, und die Frau zeigt auf das Schild an der Wand: Hier drinnen herrscht Handyverbot! Aladdin hebt seine Hände. Ist nicht meins, sagt er, und jetzt wird sie streng: Wer sich nicht daran hält, braucht nicht wiederzukommen, aber Aladdin beharrt darauf: Es sei schließlich nicht sein Telefon. Er dreht sich um und sieht mich an. Gehört das Ihnen? fragt die Frau, und ich nicke. Dann schalten Sie es aus! Jetzt hebe ich die Hände: Geht leider nicht. Wollt ihr mich beide auf den Arm nehmen? Ich kann euch auch Hausverbot geben! Aladdin murmelt einen Abschied, und ich entschuldige mich und werde schweigend weiter bedient. Es gibt nicht mehr viel. Eine angeschnittene Gurke, einen welken Salat, eine Packung Nudeln und einen Laib Brot, der schon ziemlich trocken ist. Schokolade bekomme ich nicht. Ich rufe Aladdin hinterher: Warte mal draußen auf mich! Ich will noch etwas mit dir besprechen! Dann verschenke ich meine Sachen im Nebenraum, und als ich endlich vor die Tür komme, ist von Aladdin nichts mehr zu sehen.

SIEBZEHN

Meine Freundin hat die Stelle in München bekommen. Sie hat den Vertrag unterschrieben, ihre Kündigung eingereicht und ein WG-Zimmer gefunden, das fast so teuer wie unsere Wohnung ist. Nur für den Anfang, sagt sie, bis zum Ende der Probezeit. Dann komme ich nach, verspreche ich ihr, und als sie zu packen beginnt und unsere Wohnung Stück für Stück in ihren Kisten verschwindet, würde ich ihr am liebsten alles mitgeben. Welche willst du behalten? fragt sie, als wir die Fotos aufteilen. Sie sortiert ihre Bücher aus, die meine Bücher zum Umkippen bringen, in die Lücken, die ihre im Regal hinterlassen. Am Ende packt sie die Kartons viel zu voll. Die Hälfte der Bücher muss wieder raus, sie muss die Kisten mit Kleidung auffüllen, und die Katze springt hinein, um Fäden aus ihren Pullovern zu ziehen. Du bleibst hier, sagt meine Freundin und hebt die Katze heraus. Sie hält sie auf dem Arm, ich sehe, wie schwer es ihr fällt, die Katze zurückzulassen. Ich hol dich doch nach, verspricht sie, wenn ich was Größeres habe!

Für den Tag, an dem sie fährt, haben wir einen Transporter gemietet, und gemeinsam verladen wir ihre Möbel. Soll ich nicht doch mitkommen? frage ich sie. Es ist die richtige Frage im falschen Moment. Ich habe zu lange gewartet, und sie knallt die Schiebetür des Transporters zu und sagt, dass ich wirklich nicht muss. Wozu ziehe ich denn in eine WG, wo es genug Leute zum Ausladen gibt? Ich nicke, ich bin ihr Mitbewohner, der ihr beim Einladen hilft, und ich würde sie gern nicht vermissen, weil sie mir den Kaffee wegtrinkt und ihre Schmutzwäsche immer zu meiner wirft. Sie nimmt mich kurz in den Arm, und als alles verstaut ist, gehen wir noch einmal nach oben, wo sie durch die Zimmer geht, sich alles ansieht und noch einmal im Bad verschwindet, wo die Katze eingesperrt ist. Zum Abschied stehen wir uns im Flur gegenüber. Sie hält sich am Reißverschluss ihrer Jacke fest, ich streiche ihr über den Arm, sie küsst mich auf den Hals, und dann dreht sie sich weg. Ich rufe dich an, wenn ich da bin, sagt sie und zieht die Tür hinter sich zu.

Später kommt die Katze zu mir auf den Balkon. Den ganzen Nachmittag sitze ich schon dort, in eine Decke gewickelt, und die Katze springt auf meinen Schoß. Ich habe sie nicht kommen gehört, ich will nach ihr schlagen, und gerade noch bremse ich mich in der Bewegung. Die Katze tritt sich eine Mulde. Sie schmatzt unzufrieden, als ihr der Rauch in die Nase steigt, den ich durch das Loch in der Fahne blase. Trotzdem bleibt sie und rollt sich auf mir ein, tief atmend und leicht, bald ist sie eingeschlafen, und ihre Lider zucken, als wäre sie noch im Schlaf auf der Jagd. Du dummes Tier, denke ich, wie du da liegst und schläfst, als könnte dir bei mir nichts passieren. Ich ziehe an der Zigarette, der Wind stäubt ein paar Funken davon, und einer davon fällt auf ihr Fell. Ich wische ihn weg, bevor er verglimmt, und muss an meine Armeezeit denken, als ich lernte, mich selbst wie ein Tier zu fühlen, vor dem man sich in Acht nehmen musste. Wir lernten das Schießen, und erst am Stand erhielt ich mein Magazin. Ich entsicherte, hinter mir stand ein Offizier, und während ich schoss, zielte er mit seiner Waffe auf mich, den Finger am Abzug und bereit, sofort abzudrücken, wenn ich mich umgedreht hätte. Es hat mir die Möglichkeit erst bewusstgemacht: hinter mir alles niederzumähen, und seither frage ich mich, ob ich dazu fähig gewesen wäre. Wir schossen mit Pistole und G36, Dauerschuss, Einzelschuss, und am besten war ich am Maschinengewehr. Ich feuerte eine Panzerfaust ab, es machte mir sogar Spaß, und am schönsten war es, wenn wir in der Dämmerung schossen und die Munition glühend durch die Luft fliegen sahen. Ich stehe auf und werfe die Zigarette durch das Loch in den Hof, wo sie als glühender Punkt liegen bleibt. Ab sofort ist es, als könnte ich schießen, ohne dass jemand hinter mir steht. Ab sofort könnte alles passieren. Das macht mir Angst, ich zittere vor Angst, und nicht einmal die Katze bemerkt es, die einfach so bei mir schläft. Sie ist von meinem Schoß gefallen, sie knurrt unzufrieden, und ich verrate ihr, dass wir jetzt alleine sind: sie und ich und jeder für sich. Ich gebe ihr einen Tritt, und sie läuft in die

Küche, und noch am selben Abend rufe ich Aladdin an. Es wird Zeit, dass du kommst, sage ich. Du musst mich ablösen. Ich mach das hier nicht mehr allein!

Und diesmal kommt er wirklich. Er hat nicht viel dabei, bloß einen Rucksack, den er auf das Sofa wirft. Du kannst auch das Bett haben, biete ich ihm an, und es ist kaum eine Stunde vergangen, seit ich ihm auf die Mailbox gesprochen habe: Bei mir ist was frei geworden, wenn du willst, kannst du sofort bei mir einziehen. Bring deine Sachen mit, viel brauchst du nicht: Ein eigenes Bett ist da, um darin allein zu sein, ein eigenes Zimmer, und auch den Rest kannst du bald für dich alleine haben. Die Miete ist bezahlt, und wenn jemand fragt, dann sind wir eine Bedarfsgemeinschaft. Wenn das Jobcenter anruft, musst du für mich abheben! Ich habe ihnen deine Handynummer gegeben. Sie werden dich hinbestellen, in meinem Namen, und du musst für mich gehen. Zeig ihnen meinen Ausweis, du weißt schon, du kennst das, und Aladdin räuspert sich, was wie *endaxi* klingt, in Ordnung, also abgemacht! sage ich.

Aladdin bleibt, und ab sofort trainiere ich ihn. Ich frage ihn ab, ob er sich alles eingeprägt hat, andersherum hat es schließlich auch funktioniert, im Dorf, als ich er wurde – oder waren wir kein gutes Team? Ich bürgere ihn ein. Wir üben Deutsch und machen Staatsbürgerkunde, sag mal *ja, nein, vielleicht*, Aladdin, sag mal, *ich weiß nicht,* Aladdin, und mal im Ernst: Du hast doch nichts zu verlieren. Sag mal: *in Ordnung*! Aladdin, du vergibst dir doch nichts. Und dann sagt er es wirklich: in Ordnung, in Ordnung! So häufig, bis es beinahe akzentfrei klingt und als wüsste er, wovon er spricht.

Ich öffne meinen Schrank und biete ihm an, was ich habe: mehr, als einer allein anziehen kann. Ich werde nichts davon mitnehmen, und man wird mich neu ausstaffieren, ich will ein anderer sein, und du wirst jetzt ich! Ich werfe ihm einen Pulli und eine Jeans vor die Füße, Aladdin, probier mal was an! Er verschwindet mit den Kleidern im Bad, und als er wieder herauskommt, stellt er sich vor den Spiegel, und ich stelle mich neben ihn, als wären wir zu viert. Nur die Körperhaltung stimmt noch nicht ganz. Mach dich mal groß, Aladdin, steh doch mal stramm! Seine eigenen Sachen sind ziemlich abgetragen. Er hat sie aus der Kleiderkammer, sie haben vor ihm einem anderen gehört, und ich lege etwas Geld auf den Tisch. Ist sowieso deins, behaupte ich, der Rest aus dem Dorf. Und da, wo ich hinfahre, brauche ich es nicht. Lass sie dir enger machen! sage ich ihm. Erinnerst du dich? Ganz am Anfang, als wir in der Reinigung waren? Aladdin nickt, und als Nächstes schenke ich ihm meine Schuhe. Du kannst sie alle haben, ich brauche nur ein Paar. Er sucht sich die Turnschuhe raus. Sie sind längst nicht mehr neu, aber sie scheinen ihm zu gefallen, er probiert, ob sie passen, und behält sie gleich an.

Am Abend gehen wir ein letztes Mal zusammen ins Kino. Es läuft ein Film über ein Paar, das sich nach dem Krieg wiedersieht. Die Frau muss einmal sehr hübsch gewesen sein. Sie hat ihr Gesicht verloren, das rekonstruiert wurde, und obwohl sie sich immer noch ähnlich sieht, erkennt ihr Ehemann sie nicht mehr. Er überredet sie dazu, sich als die Frau auszugeben, mit der er einmal verheiratet war. Sie soll sich selbst darstellen, was er nicht ahnt, um an ihr Vermögen zu kommen, und Aladdin soll sich einprägen, wie sie das spielt. Um es schließlich genauso zu machen: als wäre er nie ein anderer als ich gewesen.

Wir üben meine Handschrift, die Unterschrift, die in meinem Ausweis steht. Wir sehen uns die Fotos an, die ich behalten habe, und ich gebe ihm mein Tagebuch, damit er nachlesen kann, wer ich mal war und was ich mir ausgemalt hatte. Er stellt ein Foto auf meinen Schreibtisch. Es ist ein Bild von Aala, schief aufgenommen und etwas unscharf, fast scheint es aus dem Rahmen zu kippen. Aala strahlt. Sie hält einen Zettel in die Kamera, das große Los, sie hat Sieben gezogen, und Aladdin greift nach dem Bild. *My daughter*, sagt er. *It is her birthday*, und dann stellt er es wieder zurück, und ich frage mich, seit wann er Englisch spricht, seit wann das seine Tochter ist – waren es nicht eigentlich zwei, auch wenn ich ihre Namen vergessen habe? – und wieso ist er ohne sie hier? *Are you crazy?* fragt er. Wie ich mir das vorstellen würde: eine Flucht, mit einem siebenjährigen Kind? Sie behauptet, sie würde mich kennen. *Albert Jacobi, al-Almani* – wir hätten einmal telefoniert.

Ab sofort, Aladdin, wirst du keine Tochter mehr haben. Ab jetzt bist du kinderlos, ein seit kurzem alleinstehender Mann, der eine schwarzweiße Katze hat. Bist du tierlieb, Aladdin? Er hebt die Katze hoch, flüstert ihr etwas ins Ohr, und schon in der ersten Nacht schläft sie bei ihm. Er ruft sie *Muezza*, nach der Katze des Propheten, bei mir schlief sie nie, nur das eine Mal auf dem Balkon, aber ihm folgt sie auf Schritt und Tritt. Ich gebe ihm ihren Impfausweis, meine Geburtsurkunde und die Meldebescheinigung, die er noch im Jobcenter vorzeigen muss. Nicht vergessen, sage ich, sonst streichen sie dir die Bezüge! Ich notiere ihm mein E-Mail-Passwort, er bekommt meine EC-Karten-PIN, ich zeige ihm, wie er überall Zugang findet. So loggst du dich ein, sage ich, unter *sondereinheiten.de*, Username *Aladdin, CoB*, und das hier ist mein Facebook-Profil. Lies dir die Timeline durch. Das sind die Leute, die mit mir befreundet sind, das sind meine Lieblingsfilme, und das ist die Musik, die ich höre. Das sind die Bücher, die ich gelesen habe – sie stehen hinter dir im Regal. Nimm dir und lies, was du magst, üb die Sprache, und vergiss alle Sätze, die du aufsagen kannst. Ich lege sein Buch auf den Tisch. Aladdin bedankt sich bei mir, er zieht mein Smartphone aus der Tasche, und ich muss lachen: Wir sind doch längst synchronisiert! Behalt es, sage ich. Ist jetzt deins, Albert –

langsam muss er sich an den Namen gewöhnen, der in meinem O2-Vertrag steht, und ich werde mir eine Kunya zulegen. Einen Kampfnamen, im Tausch gegen den Pass, den man mir abnehmen wird, und ich stecke ihn ein und frage mich, wie viel Zeit mir noch bleibt: ob man bereits nach mir sucht, auf den Namenslisten der Terrormiliz, weil ich zu viel gegoogelt habe und täglich mit Mazar-i-Sharif telefoniere. Ich packe ein paar Sachen zusammen, letzte Dinge, Habseligkeiten, und als Letztes rufe ich meine Freundin an, um doch noch ein paar Worte zu sagen. Ich spreche ihr auf die Mailbox: Mach's gut, sage ich. Ich melde mich wieder! Dann lege ich auf. Und Aladdin übernimmt.

ACHTZEHN

Am Bussteig, von dem ich schon einmal abgefahren bin, haben sich diesmal ausschließlich Männer versammelt. Sie tragen Sweatshirts und Jogginghosen, es sind viele mit wenig Gepäck, und später müssen zwei Busse vorfahren, damit wir alle Platz darin finden. Einige Plätze sind schon besetzt, und beim Einsteigen erkenne ich manches Gesicht. Ich bin mir nicht sicher, ob sie beim letzten Mal auch schon dabei waren, aber in ihren Zügen liegt die aufgeräumte Gleichgültigkeit, wie sie nur Veteranen ausstrahlen. Ich setze mich ans Fenster, und als der Bus losfährt, sehe ich auf die vorbeiziehende Stadt und spüre, wie ich allmählich ruhiger werde. Der Fahrer erinnert uns an die Anschnallpflicht. Es geht los, denke ich und schließe den Gurt mit dem Gefühl, dass ich ab sofort in Sicherheit bin.

Wir fahren nach Norden. Nach dreieinhalb Stunden sind wir am Ziel. Durch das Fenster kann ich die Schreie der Möwen hören, wir haben die Küste erreicht, und ich bilde mir ein, dass ich sogar das Meer riechen kann, obwohl alle Fenster geschlossen sind. Der Abzweig zum Hafen ist ausgeschildert. Wir biegen nicht ab, wir verlassen die Stadt, und erst vor einer Schleuse am Waldrand halten wir an. Ich drücke mich gegen die Scheibe. Draußen dämmert es bereits, ein Schlagbaum ist heruntergelassen, und mit einem Zischen öffnen sich beide Türen. Jemand steigt ein. Mit einer Taschenlampe geht er durch den Gang und leuchtet jedem von uns ins Gesicht. Er lässt sich unsere Ausweise zeigen, die Einladungen, die er mit seiner Liste abgleicht, und im Widerschein der Taschenlampe erkenne ich, dass er eine Uniform mit hellblauer Armbinde trägt. Um seine Schulter hängt ein Gewehr, und niemand wagt es, ihm eine Frage zu stellen. Schließlich steigt er aus und gibt den Weg frei. Der Schlagbaum öffnet sich, der Bus fährt an, und nach ein paar Metern kommt er wieder zum Stehen. Wir bleiben sitzen, als die Türen sich zum zweiten Mal öffnen, und unter dem gellenden Gebell einer Hundestaffel werden wir aus dem Wagen getrieben.

Die Nacht verbringen wir in einer Halle. Erst am nächsten Tag soll es für uns weitergehen. Wie Gestrandete sitzen wir auf den Feldbetten, viereinhalb Quadratmeter stehen jedem zu, und unter den Betten liegt unser Gepäck. Mein Bettnachbar sagt: Behalt über Nacht deine Schuhe an! Es gibt nicht genug Decken für alle, manche schlafen auf Matten im Gang, und bloß die Hälfte von uns erhält eine Feldration. Alles wirkt improvisiert. Das Programm fange gerade erst an, man habe das Ausmaß der Katastrophe nicht abschätzen können, und ein paar Veteranen behaupten: Das alles gehört schon zum Spiel! Das Chaos, die Unterversorgung. So gewöhnten sie uns langsam daran, zu frieren und Hunger zu haben.

Ihr habt Glück, hatte der Supervisor gesagt, als wir im Sommer aus dem Dorf abreisten: Es wird bald wieder Arbeit geben, ein ganz neues Programm, das eine echte Herausforderung wird! Er las uns die Ausschreibung vor: Wir sollten Vertriebene spielen, Flüchtlinge, die europäische Grenzschützer ausbildeten. Sie suchten Darsteller, die Arabisch und Farsi sprachen, alle Dialekte aus Afrika, und wer sich bewarb, sollte Belastbarkeit mitbringen und genug Kondition haben, um weite Strecken zu Fuß gehen zu können und seine Ausrüstung am Körper zu tragen. Es wird kein Spaziergang für euch, sagte der Supervisor. Ihr kampiert im Freien, müsst mit wenig Verpflegung auskommen, euer Wasser ist knapp, und wer teilnimmt, darf kein Nichtschwimmer sein und keine Angst vor großen Tieren haben. Bist du tierlieb, Aladdin? Einige Veteranen winkten damals schon ab: Sechs Wochen im Feld? Da käme das Catering nie hinterher, und sechs Wochen lang Feldrationen – das machte selbst der stärkste Magen nicht mit.

Ich liege auf dem Feldbett und lese den Infozettel. Am nächsten Tag sollen wir auf die Dörfer verteilt werden. Wir erhalten unsere Kleidung, ein wenig Geld und ein erstes Nahrungspaket, und unser Auftrag ist es, das Dorf zu verlassen und keinesfalls dorthin zurückzukehren. Im Gelände sind

Beamte postiert, die im entgegengesetzten Auftrag agieren. Man erkennt sie daran, dass sie blaue Armbinden tragen und uns bereits an den Grenzen des Dorfs abfangen, um der *irregulären Migration* dort zu begegnen, wo sie entsteht. Das nennt man *Vorverlagerung*, und die nächste Trainingsstufe heißt *Filterfunktion*: Wir teilen uns auf. Eine Gruppe wird zum Flughafen ziehen, mit falschen Papieren, um die *Urkundenprüfer* zu prüfen. Die zweite Gruppe muss einen Schleuser finden, der querfeldein mit ihnen die grüne Grenze passiert. Und Gruppe drei muss sich allein bis zur Küste durchschlagen und den Weg übers Wasser riskieren. *The sea's the limit,* steht in einem Infopapier, das ich mir auf dem Bett liegend durchlese. Wir haben ausgelost, von wo wir starten, und wessen Dorf in Afrika liegt, der weiß schon jetzt: Er wird nasse Füße kriegen. Tauschst du mit mir? heißt es am Abend, und der Supervisor ruft: Jetzt ist Ruhe! Hier wird nicht getauscht, jeder startet, wo er herkommt, wie sollen wir sonst wissen, wohin einer zurückgebracht wird? Und wer seinen Zettel einfach wegwirft, der fliegt!

Wer über das Wasser kommt, wird die *RABITs* trainieren. *Rapid Border Intervention Teams*, wie sie in Porto und Algeciras eingesetzt werden, wenn man es über Tanger versucht, von wo aus es nur dreißig Seemeilen sind. Wir könnten auch den Weg über Varna nehmen, eine Hafenstadt am Schwarzen Meer, oder über Tallinn und Helsinki, wo sich gerade neue *Focal Points* bilden. Unser Dorf liegt an der Nordküste, mit Zugang zur Baltic Sea, weil Aladdin ein baltischer Seefahrer ist, und in der Nacht träume ich von einem Polarfuchs, der sich auf der Flucht vor den *RABITs* befindet. Auf seinen fellbehaarten Pfoten läuft er über das Eis, der hasenfüßige Fuchs. Die Eiszeit ist da, das Meer ist gefroren, und ich bin Teil eines Teams und versuche, den Fuchs von der irregulären Migration abzuhalten. Unter meinen Füßen bewegt sich das Eis, ich höre es knacken, ihr dürft nicht zimperlich sein und die Kälte nicht scheuen, hat der Supervisor uns eingebläut: Sonst fahrt ihr besser noch heute zurück! Bevor es losgeht, werden wir noch einmal durchgecheckt. Ich unterschreibe, dass ich keine chronischen Krankheiten habe, und bekomme eine Tetanusspritze. Bist du tierlieb, Aladdin? Denn wenn die Schengen-Grenze erst hinter uns liegt, werden wir mit Hunden trainieren: *Erhöhung des Entdeckungsrisikos im Binnengebiet*, die Spürhunde sind auf Schweißgeruch abgerichtet, und ich schwitze jetzt schon wie ein Tier, mein Herz schlägt bis zum Hals, und der Fuchs wird zum Wolf und fällt mich an. Ich frage mich, ob auch die Hunde wissen, dass wir nur spielen wollen.

Wer über den Landweg kommt, kann schon einmal klettern üben. Die Hundestaffel hilft uns dabei, und Youssef flieht vor dem Gebell auf den Baum. Der Hundeführer ruft, dass wir hier in Deutschland sind, wo nicht mehr auf Bäume geklettert wird! Youssef soll herunterkommen, aber er droht, aus der

Krone zu springen, wenn der Hund nicht weggeführt wird. Na, dann spring doch! ruft der Beamte und nimmt seinem Partner den Maulkorb ab, und dann springt Youssef und schlägt unten auf. Es ist nur ein Spiel, in dem er unsterblich ist. Seine Gliedmaßen sind völlig verdreht, und gleich muss er aufstehen, seine Beine ausschütteln, dass es knackt, um vor den Beamten zu fliehen. Blut breitet sich um ihn aus. Es sieht aus wie Theaterblut, der Hund wird von der Leine gelassen, er leckt es vom Boden, und endlich, endlich wache ich auf.

Es ist noch Nacht, und völlige Dunkelheit herrscht in der Halle. Ich bin schweißnass und kann meinen Nachbarn hören, Youssef, der neben mir schnarcht und bloß Youssefs Namen trägt. Sein Namensvetter steckt noch im *Real Life Training* fest, aber ich ahne, dass auch dieser hier nicht lange durchhalten wird. Noch liegt er trocken und warm, aber ab morgen wird die Zeit für uns rückwärts laufen. Dann stoßen sie uns ins kalte Wasser, um uns zu Afrikanern zu machen, zu Syrern, Afghanen, Irakis, die sechs Wochen lang durch das Gelände irren werden und sich immer weiter von hier entfernen, ohne diesen Ort zu verlassen. Am Ende werde ich zurückgekehrt sein, an Aladdins Ausgangspunkt, und es wird keine Grenze mehr geben. Ich werde tun, was ihm vorherbestimmt ist, man hat immer die Wahl: zwischen Handeln und Untätigkeit, und am nächsten Morgen, bevor der Bus uns in die Dörfer fährt, bringt er uns zum Sicherheitscheck. Ich stehe am

Irisscanner, und hinter mir werden die Rucksäcke ausgekippt. Sie durchwühlen unsere Koffer, Hunde schnüffeln an meinen Sachen, letzte Dinge, Habseligkeiten, und einer der Hunde schlägt an. Ich drehe mich um. *Don't move!*, es ist mein eigener Atem, und ich erwarte den Knall, einen Schlag, wenn das Trommelfell platzt. Die Soldaten brüllen, ich höre die Stimme des Supervisors, und als Erstes sieht man immer das Licht. Es löscht alles aus. Dann ist es still.

Ich danke *Aladdin* für seine Geschichte.

QUELLEN

Horst Bredekamp: Theorie des Bildakts. Frankfurter Adorno-Vorlesungen 2007. Berlin 2010.

Elisabeth Langgässer: Gang durch das Ried. Leipzig 1936.

Liama Menina: Enduring Freedom. Mein geheimes Militärtagebuch. In: Taz, 26.02.2005.

Wolf Schmidt: Jung, deutsch, Taliban. Berlin 2012.

Martin Bebeim-Schwarzbach: Gang durch das Chaos. Eine Würdigung der Elisabeth Langgässer aus den Gesammelten Werken. In: Die Zeit, 17 April 1959.

... sowie Gegenstände, Kanäle und Techniken der öffentlichen Kommunikation.